海をあげる

上間陽子

筑摩書房

海をあげる

装画・挿画　椎木彩子
ブックデザイン　鈴木成一デザイン室

目次

美味しいごはん

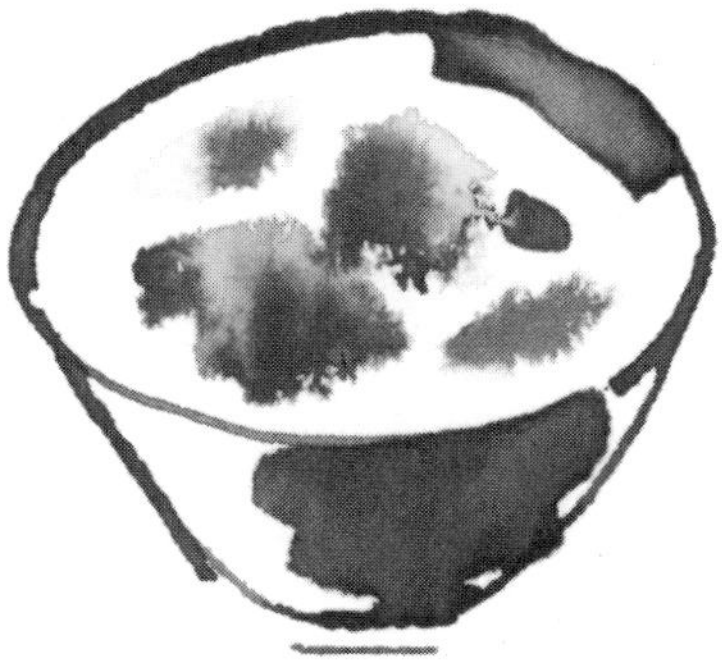

私の娘はとにかくごはんをよく食べる。歯がはえると、「てびち」という豚足を煮た大人でもてこずるような沖縄の郷土料理を食べていたし、三歳くらいになって外食するようになると大人なみに一人分の料理を食べていた。

週に一度、目に入れても痛くない孫娘のためにタッパーにごはんを詰めてうちまで来てくれる私の母はいつも、「風花のわがままぶりにはうんざりするけど、ごはんを食べているのをみていたら、もうなんでもいいわって許せちゃう」と言って、娘が食べているのをみて笑っている。

娘が赤ちゃんのころ大好きだった本は、ホスピスで過ごしているひとたちが病院にリクエストしてつくってもらうごちそうの写真とそのエピソードを綴った、青山ゆみこさんの『人生最後のご馳走』という本だった。

家のなかにいるはずなのに、ずいぶん静かだなぁと思って娘を探すと、娘は部屋の片隅でその本を開いてじっと眺めていた。開いているのは、天ぷらがたくさん盛り付けられているページだったり、お芋を甘辛く煮たページだったりで、どうやら娘はよだれまみれになりながら、長い時間ひとりでその本を読んでいるようだった。

ひょいと娘を抱き上げながら、食べることが好きな子でよかったとつくづく思う。そして、娘にごはんのつくり方を教える日が来ることを楽しみに待つ。自分のためにごはんをつくることができるようになれば、どんなに悲しいことがあったときでも、なんとかそれを乗り越えられる。

＊

私には食べものをうまく食べられなかった時期がある。二七歳のとき、たぶんもう離婚しかないと思いながら、離婚の話を進められずにいたときだ。別れがもうすぐ来るということがたしかにわかる、何をしていてもどこかからエンディングの「蛍の光」の音楽が聞こえるような日々だった。これはたぶん、修正してやっていくのが難しいパターンだとどこかで何かをあきらめながら日々を過ごし、夫が仕事で地方に赴任することが決まったとき、私はひとりで東京に残ることにこだわった。

離れて暮らして三カ月たったころのクリスマスの翌日、東京にやってきた夫とゆっくり過ごし、夜になってからこれまでのことをきちんと聞いた。長く恋人がいたこと、その恋人は近所に住んでいる私の友だちであること、ひと月前に別れたこと、いまはもう、私の友だちに新しい恋人もできたということ。

長い時間をかけて話を聞いて、「で、これを聞いてどうしろと?」と聞くと、「もうウソはつきたくないと思った。それに陽子はなんでも、知らないよりは知ったほうが理解できるっていうから」と夫は言った。

たしかにそれはそのころの私の口癖だった。

「うーん、でも、さすがにこれは、墓場まで持って行ってほしかったなぁ」と言うと、「ごめんなさい。でも言わないでは生きていけないと思った。償うためにどんなことでもする」と言われた。それで私は、「しばらくひとりになって考えたいから、朝になったら家を出て行って」とお願いして、夫には単身赴任先の自分の家に帰ってもらった。

翌日の夜になってから、近所に住んでいる別の友だちの真弓の家に電話をかけて、それからすぐに会いに行った。

真弓は、私の友だちで夫の元恋人の親友でもある。私たちは三人やら四人やら、あるいはもっとたくさんのひとたちと、何度も一緒にごはんを食べてきた。

「彼に恋人がいた。○○とつきあっていたんだって。ひと月近く前に別れたんだって。四年間つきあっていたんだって。私に話さないと生きていけないって思って話したんだって。私にだったら理解できるみたいなことを言われたけれど、どれだけ考えても意味がわからない。ふたりはどんなことを思いながら私のそばにいたのかな」

真弓はぶるぶる震えていた。そしてきっぱり、「離婚やな」と言った。

「陽子、ふたりのこと許さないでいいよ。っていうか、許そうとしたらいかんよ。あんたが壊れるよ」と言ってから声を振り絞るようにして、「あのな、陽子、死んだらあかんよ」と言った。

私はびっくりした。死ぬ気持ちはちっともなかったからだ。

そしたら真弓は、「自殺したらな、真弓も普通ではいれんよ。あんたの周りのひと、みんなが傷つくよ。あのな、陽子のお母さん、陽子の親戚、みんな一人残らず傷ついて、三代先まで祟《たた》るよ」と言った。

真弓の言っていることはよくわからない、と思ったけれど、まっすぐな目であんまり真剣な顔をして話すから、「私は死なないよ。でも、覚えておく」と約束した。

真弓がいれてくれたお茶を飲みほして、「じゃあ、そろそろ帰る」とコートを着て靴を履いて玄関先で手を振ると、真弓は泣いていた。じっと私を見て、「忘れちゃいけんよ。死んだらあかん」ともう一度言った。

人気《ひとけ》のない家に帰りたくなくて、うんと遠回りして家に帰った。

寒い師走の夜の道で、へぇ、こんなことってあるんだとどこかで少し面白がる。

人生はいろいろあるというのは本当なんだな。結婚してめでたしめでたし、はいおわりではないのだな。次、私は何をしないといけないのだろう。とりあえず、私は彼女と話をしないといけない。

翌日になって彼女に電話をかけると、怒った声で「あたしは何も話したくない」ときっぱり言われた。え、そこで怒るんだと思いながら、私のほうが下手《したて》になって説得する。

「だって、ほら、三人の関係があるでしょう？　それに私とは私との関係があるでしょう？　だから、〇〇は私にこのことを説明しないといけないでしょう？」

電話の向こうからうめくような声がした。

「わかった。でも、あたしも覚悟がいる。もう一日、待ってほしい」

被害者みたいな顔をするのはやめて。地獄の底にいるのはあなたみたい。

いろいろ言いたかったけど、私はごはんを食べることも眠ることもできないまま、約束の時間になると部屋着のうえにコートを羽織り、何度も訪れた近所にある彼女の家に向かった。

彼女は紅茶をいれるのがとてもうまい。こんな日なのに、やっぱりいい香りの紅茶をいれてくれる。きれいな青と黄色の丸いボウルに入ったイチゴを出してきて、体育座りをしている私の前にテーブルを隔てて正座した。

へえ、イチゴを買う余裕があったんだ、でも私はイチゴなんか食べないよと思いながら、イチゴの入ったボウルをじっとみる。

「とりあえず、四年間のことを彼の口からぜんぶ聞いたから、今度は○○が私にちゃんと説明して」

そしたら、「もともとは遊びだった。そこからはまった」と言われた。それから、なんやかんやこれまでのふたりが付き合い続けた理由を説明された。

でも、私が聞きたいのはそういうことではなく、私のつくったごはんのことだった。なぜ私のつくったものを食べに来ていたのか、何を思いながらごはんを食べていたのか。日常生活に侵食して、ひとの善意を引き出すのはどういう気持ちなのか。

「なんで私のつくったごはんを食べたの？　なんで京都に帰るっていうときに、私に植物の面倒をみるように頼んだの？　なんで隣の家に住み続けていたの？」

私の質問に彼女はなにひとつ答えなかった。そして、「離婚するのをずっと待ってた。でも一度も離婚するって言われたことはなかった」と言うと、今度は顔を覆ってさめざめと泣き出した。

泣いているひととは話ができないから、泣き止むのを黙って待つ。泣いている彼女はとてもはかなげで美しくて、なんだか京都の女って本当にタチ悪いなぁと思いながら、それにしても四年間、うちの家のふたつ隣の家で離婚を待ち続けていたっていうのは、なかなかの辛抱強さだなぁとふと思う。いつまでも離婚しない恋人の住む家の灯りがともる玄関先を通り過ぎて、誰もいない自分の家に帰るのはどんな日々だったのだろう。

「毎日、うちの家の前を通って、うちの灯りをみながらひとりで自分の家に帰るの、つらかったんじゃない？」

ふっと口をついて出てきた言葉を声にすると、彼女は今度こそ本気で泣き出した。私は捨て身で泣いている女のひとに本当に弱く、そういう女のひとのやり口に勝てたことがほとんどない。ちょっとだけ本当にかわいそうになって、「もう、いーや。仕方がなかったってことなのね。わかった」と言った。

「陽子、ほんまにごめん。今日、包丁で刺されるって思ってててん」

へぇと思い、また頭の芯が冴え冴えとする。包丁で刺されるくらいで許されることなのかな、これ？

あのね、〇〇。刺してなんかやらないよ。四年間、何も気づかず、あなたに優しくしていた自分のことを刺してやりたいの。でも、私がそれをやると真弓は壊れて、私の家族は三代先まで何かに祟られることになるらしい。だから私は何もやらずにここを去って、でもあなたが私にやったことはひとつ残らず覚えておく。

本当に言いたかったことはそういうことだ。それでも何も言わずに家に帰る。

＊

本当に苦しかったのはそのあとだ。夫に恋人がいた、それが私の友だちだった。いまはもうふたりは別れていて、彼女には新しい恋人ができたらしい。つまり、私にいま残されたのは、夫のことを許すか許さないかの選択しかない。

咀嚼《そしゃく》して咀嚼して、これはもう私には受け入れることができないとわかったとき、私の前に現れたのは、まったく音がなくて、ごはんが食べられないという時間だった。何をしていても痛みがあり、どんな言葉もどんな音楽もどんな食べものも意味がない。

そのころ大阪で仕事をしていた友だちの玲子に、「眠れないし、ごはんが食べられない」と電話をかけると、「とにかく週末に東京に行く」と言われた。

「うーん、でも、玲子が帰ってしまって、ひとりになったときにどうなるかわからないから、こっちにこないで」と言ったら、電話の向こうで友だちは泣いていた。
「いつでも東京に行くから忘れないで。ここに来てもいいんだし、それが嫌ならとりあえず沖縄に帰るのもいいと思う」

シカゴで仕事をしている友だちの和美には、何があったのかざっと書き記したメールを送った。そしたらある日、玄関をあけるとそこにいた。
「韓国で仕事があったからついでに帰国した」と和美は言うと、イギリスで習ったというイタリア料理をつくって私を椅子に座らせて、ぽつりぽつりとしか話せない私の話を一晩中聞いて、翌日になると新宿まで送れと私を連れ出して東京のお土産をたくさん買って、そのお土産をいくつも私に渡して「ハグハグ、キスキス」と言いながら新宿の雑踏のなかで私のことを抱きしめた。

「あのね、東京が嫌ならシカゴにおいで。部屋はあるからいつまでいてもいいし、一緒に美味しいものを食べ歩こう。だからとにかく何かを食べて」

帰りの電車で、少しだけ明るい気持ちがよみがえる。友だちが来てくれたおかげで、高校生のときのような気分になった。失恋して、泣いて、甘いものを食べて、また泣いて、ずっと眠れずにまた泣いて、それでも友だちに何時間でも話を聞いてもらって、きっとこの先もいいことがあるとおぼろげながら思えるような。あのときの失恋とこれはちがう。でも、友だちが来てくれたから、未来にはまだ何かがあるような、キラキラした明るいものがどこかにまぎれこんでいるような気分になる。

仕事があるから帰ってきたというのはたぶん嘘だ。昔から思い立ったらどこにでも出かけていくひとだったから、飛行機に飛び乗り、東京まで来てくれた。いまならわかる。知らん顔して助けだそうとしてくれたことが。それでもあのときは、ありがたいけれど十分じゃなく、ひとりになると苦しくて、毎晩へとへとになって明るくなる空を迎えた。

ああそうだ。流れている水が見たくて、何度も多摩川まで歩いたはずだ。帰り道にあるペットショップに立ち寄って、水槽のなかで泳ぐ金魚をずっと見ていた。泳ぐ魚はなんてきれい。

＊

そんなふうに暮らしていると、ある晩、真弓から電話が来た。

「あのな、陽子。いま、真弓のおうちでは粕汁《かすじる》が煮えつつある。いま、鍋がぐつぐついって、あったかく煮えている。陽子、真弓のところにこない？　真弓の家で食べたいならそれでいいし、いま、だれともごはんを食べたくないなら、持たせてあげる」

かすれる声で、「一緒にごはんは食べたくない」と言ったら、「うん。無理はしないでいいよ。取りにくる？　届ける？」と聞かれて、「外の風にあたりたいから取りに行く」と言うと、「タッパー、大きいの持っておいで。真弓はずっと待ってるで」と言われた。

真弓のおうちは本当に近くて数分もかからない。のろのろ支度して、言われたとおり大きなタッパーを両手に抱いてでかけた。真弓は、「おうちにはいり」となかにいれてくれて、「ちょっと待っててね」と言いながら、鍋から粕汁をたっぷりわけてくれた。それから、「真弓のつくった粕汁は無敵やから、きっと元気がでてくる」と言った。

そうこうしていると、真弓の夫が帰ってきた。真弓の夫は音楽のプロデューサーをしていて、デビューさせる新人を探すためにあちらこちらに出かけている。たしかその日は、評判の良いバンドをみるために新潟まで行って帰ってきたとのことだった。キッチンに突っ立ったまま、「ぜんぜん音が入ってこないんだけど」と、まるでいまの私のひどい状態は、音楽が不毛なせいだというような口調で真弓の夫に文句を言った。真弓の夫がにこにこ笑いながら聞いてくれたので、本当にこのひとはいい人だなぁと思いながら、前から気になっていたことを尋ねてみる。

「一線越えのすごい音楽がいくつかあれば、あとはもう何もいらないように思うけれど、そうではない？　○○さんの仕事は新人を発掘する仕事だけど、それってせいぜい七〇点くらいの音楽じゃない？　そういうのを探すのはどうするの？」

「よいバンドは、居ずまいがきれいだよ。真剣さが違うというか。舞台に出てくる前に、そのバンドがどういう音を鳴らすのかは、実はほとんどわかってしまう」

プロの言うことはよくわからないと思ったけれど、大事そうなことを話されたので、

「へー、そうか。覚えておく」と言って、私は真弓が用意してくれた温かいタッパーを抱えて家に帰る。

なるほど、どうやら私はしゃんとしておいたほうがいいらしい。どっちにしても苦しいのだから、よい音を鳴らせるようにしないといけないらしい。とりあえず今夜は、真弓が持たせてくれたこの粕汁は、ぜんぶ食べようと心に決めた。

家に帰ってから、キッチンの椅子にどっかり座ってごはんを食べた。あんまり美味しくて、泣きながら食べた。こんなに悲しいのに美味しいということは、私はたぶん、強いのだろう。

「離婚やな」友だちの言葉を反芻《はんすう》する。ああそうだ、離婚やな。これを食べたら、なんとかひとりで生きていく。

それから私と夫は、とりあえず、一年後には離婚しようと約束した。一緒にやって

いくのはもう無理だってわかったけれど、何もかもなくすのはいまできない。だから一年間、私を全面的にサポートしてほしいとお願いしたら、本当に助けてくれた。惜しみなくお金を援助してくれて、データの設計の仕方や論文の書き方を教えてくれて、眠れないときには真夜中の電話につきあってくれた。離婚の準備のために、ギデンズの『親密性の変容』をふたりで読み直したりしたのは、いま考えるとそれなりに面白かった。

それでも私はすっきり元気になったわけじゃない。ごはんを食べるのがむずかしかったし、仕事ができずにたくさんのひとに迷惑をかけたし、地球が爆発したらいいと言ってよく泣いたし、地球が爆発しないと言ってよく泣いた。

離婚したのはきっちり一年後だ。ずっと前に離婚届は渡しておいたから、今朝、提出してきたという電話をもらって、ふたりでゆっくり話をした。

「ああ、残念だなぁ。あの絶品のペペロンチーノを食べられなくなるのは本当に残念」と言うと、「食べたくなったら、いつでもつくりに行ってあげるよ」と言われて、「そうもいかないでしょう。ああ、面倒くさい。きょうだいだったら本当に楽なのに」と笑って、電話を切ってやっぱり泣いた。

いろいろありがとう。一緒にいたから、たくさん新しい景色を見ることができた。本当に楽しかった。さようなら。

＊

離婚して一〇年近くたってから、私が長いつきあいの親友みたいな男のひとと結婚することを決めたとき、東京に住んでいる真弓に報告に行った。

「もう一度、ひとと暮らしてみようと思う」

それまでうれしそうに私の話を聞いていた真弓は突然しんと静かになって、「あのな、陽子、ぜんぶ忘れていい」と言った。私がびっくりしていると、「本当に陽子は頑張ったんやなぁ。でもな、もう、ぜんぶ忘れていい。あのときあったことをぜんぶ、陽子の代わりに、真弓が一生、覚えておいてあげる」ときっぱり言った。

突然、何かが全部許されたような気持ちになり、このままだと声をあげて泣いてしまうかもしれないと焦りながら、「あー、でも、学会とかで一緒だし、えーっと、どこかでたぶん、また会うと思うし」と言うと、「そうか、簡単じゃないんやな」と、真弓は悲しそうな顔をした。いま真弓に伝えたいことはそういうことではないと思い直し、「でも、真弓が忘れていいって言ったのは、忘れない」と伝えると、私の友だちは女神さまのような顔をして、いつものようににっこり笑う。

シカゴに住んでいた和美は、長くつきあった男のひとと別れたときに、ふらりと私の家にやってきた。「長くつきあっていたひとと別れるっていうのは、何もかも根こそぎなくなるような気持ちになるんだね。陽子が離婚したとき、陽子の気持ちを全然わかってあげられなかった。ごめんね」と泣くので、「自分の悲しみに集中して」と言うと、「わからなかったんだよ、ほんとうに。つないでいたものをほどくほうが大変だってことが。こんなところにもつながりがあるの、ここにもって毎日そう思っているんだよ。あのとき、陽子はこういう思いをしていたんだって思ったら、顔をみたくなった」と言うので私も泣いた。

この子はいまもアメリカに住んでいて、二年前にアメリカ育ちの日本人と結婚式をあげた。結婚式は、一六カ国のひとが集まる英語とスペイン語と日本語がまざるにぎやかな式だった。繊細な刺繡のオートクチュールのドレスを着て、光輝くように美しいのに、なぜかファイティングポーズで現れた友だちに大笑いしていると、友だちと結婚したひとが、「僕の輝くひと、僕の真心、こんなにも優しくて、こんなにもタフで世界を飛び回る。僕はずっとあなただけを待っていた」と言ったので、私は人目もはばからずに大声で泣いて、初めて会ったアメリカ育ちの台湾人に抱きしめられた。

大阪で仕事をしていた玲子は、沖縄に戻り、いまは私の家の近くに住んでいる。「思い立ったら、財布とケータイだけもってすぐに会いに行けるってやっぱりいいもんだ」と話すけれど、友だちも私も忙しくてゆっくり会うのはいつも難しい。

それでも、困ったことがあったときに一番に知らせると必ず会いにきてくれて、時間がたってからも、「ねえ、あれ、どうなっている？」と必ず尋ねてくる。そういう言葉のかけ方は、私の荷物をぜったいに半分持つという意味なのはよくわかる。

このまえ知人から、私がある女性をいじめているという噂が流れていると教えてもらって、気になって調べてみた。そしたらその噂を流していたのは、出血がとまらない、病気になった、車の事故に遭ったと連絡をもらうたびに、たくさんのお金をあげたり貸したりしてあげたその女性本人だった。私は本当に傷ついて、ひどい目にあったと玲子に連絡したらすっ飛んできた。

ひとしきり私の話を聞いていた玲子は、「ずっと優しくしてあげていたのに、本当にひどいね。あとは、弁護士にまかせて裁判でもなんでもしたらいい。でもね、陽子のことを知っているひとは、陽子がだれかをいじめるなんて、そんなあほなって思うはずよ」といった。「そうかなぁ、みんな私のこと知っているかなぁ」と、私が心もとない気持ちで言うと、「昔から陽子のことを知っているひとは、何の心配もいらないよ」と、やわらかい声で笑われた。

ふと思いついて、「玲子はさ、子どものときみたいになにひとつ傷がないような人生と、優しくしてあげたひとにぼろぼろになるまで騙《だま》されて、それでも大人になった人生とどっちがいい?」と聞いてみた。そしたら、なにをあほなことを言っているのだという顔をされて、「大人になったほうがいいやろ。ぼろぼろでもなんでも。ひとに優しくできるほうがいいやろ」と即答された。

こういうとき、私の友だちは大阪弁でなにかを語る。そういうふうにしか言えない言葉があるんだろうなぁと思っている。

*

生きていることが面倒くさい日々が私にあったことは、若い女の子の調査の仕事をしていると、どこかで役に立っている。

沖縄で出会った風俗で働いていた女の子は、自分の恋人と自分の友だちが浮気して、それがすべて発覚した夜のことを話していた。その子が、「男の話を聞いてあと、まっすぐ女の家に行ったんです」と言ったとき、「ああ、だって三人の関係があるんだもんね」と私が心から納得してそう言うと、「そう!」と言って、その子は泣いた。

この子は数年前に亡くなった。止めてあげることはできなかった。それでも私に同じ体験があってよかったと、私はそう思っている。

東京で話を聞かせてもらっていた高校生のときから知っている女の子は、職場でいじめられて鬱状態になっていたときに、友だちに連れられてライブハウスに足を運んだときの話をしていた。

「そういうときって、音があっても入ってこないでしょう?」と私が尋ねると、「あ、ここだ!ってなって、居場所はここだって。すごい癒されて。そのときはわけわかんなくて泣いていていて」と、彼女は明るい声で話してくれる。

無音のような耳であっても、いつかどこかで新しい音に破られる。私にその日がくるのかわからない。でもそれは楽しいことだと、インタビューの帰り道では心が弾む。あれからだいぶ時間がたった。新しい音楽はまだこない。それでもインタビューの帰り道、女の子たちの声は音楽のようなものだと私は思う。だからいまやっぱり私は、新しい音楽を聞いている。

悲しみのようなものはたぶん、生きているかぎり消えない。それでもだいぶ小さな傷になって私になじみ、私はひとの言葉を聞くことを仕事にした。

＊

娘とふたりで過ごしたこの前の休日、娘にごはんのつくり方を教えた。友だちが私につくってくれたような、生きることを決意できるような、あの美味しい粕汁のようなものを教えてあげたいと思いつき、冷蔵庫をあけてみる。

冷蔵庫には何もなくて、まあ、とりあえず料理の事始めはこれでいいのかなぁと思って、うどんに生卵を落としてネギと揚げ玉をかけただけのぶっかけうどんのつくり方を娘に教える。

普段、私も夫もゆっくりごはんをつくるから、あっという間にできたごはんに、「すぐにできた」と娘はびっくりしながら食べはじめ、「カリカリしたのはもうちょっといれたほうがいい」と言った。もう一度冷蔵庫をあけて揚げ玉をとりだしながら、「納豆もあるよ」と声をかけると、「納豆もいれたい」と娘は言って、自分で納豆を丁寧にかきまぜると、それをうどんにのっけて全部ひとりでたいらげた。

風花。今日、お母さんがあなたに教えたものは、誰にも自慢できない、ぐちゃぐちゃした食べものです。それでもそれなりに美味しくて、とりあえずあなたを今日一日、生かすことができて、所要時間は三分です。

これからあなたの人生にはたくさんのことが起こります。そのなかのいくつかは、お母さんとお父さんがあなたを守り、それでもそのなかのいくつかは、あなたひとりでしか乗り越えられません。だからそのときに、自分の空腹をみたすもの、今日一日を片手間でも過ごしていけるなにものか、そういうものを自分の手でつくることができるようになって、手抜きでもごまかしでもなんでもいいからそれを食べて、つらいことを乗り越えていけたらいいと思っています。

そしてもし、あなたの窮地に駆けつけて美味しいごはんをつくってくれる友だちができたなら、あなたの人生は、たぶん、けっこう、どうにかなります。

そしてもうひとつ大事なことですが、そういう友だちと一緒に居ながらひとを大事にするやり方を覚えたら、あなたの窮地に駆けつけてくれる友だちは、あなたが生きているかぎりどんどん増えます。本当です。


ぶっかけうどんのつくり方を教えた日、私が娘に教えてあげたかったのはそういうことだ。

あの子がそういうことをわかる日が、どうかゆっくりきてほしいと私はそう思っている。澄んだ声で歌をうたうあの子の手足がぐんと伸びて、ひとりですっくり立っていられるようになってから、その日がくるようにと願っている。

ふたりの花泥棒

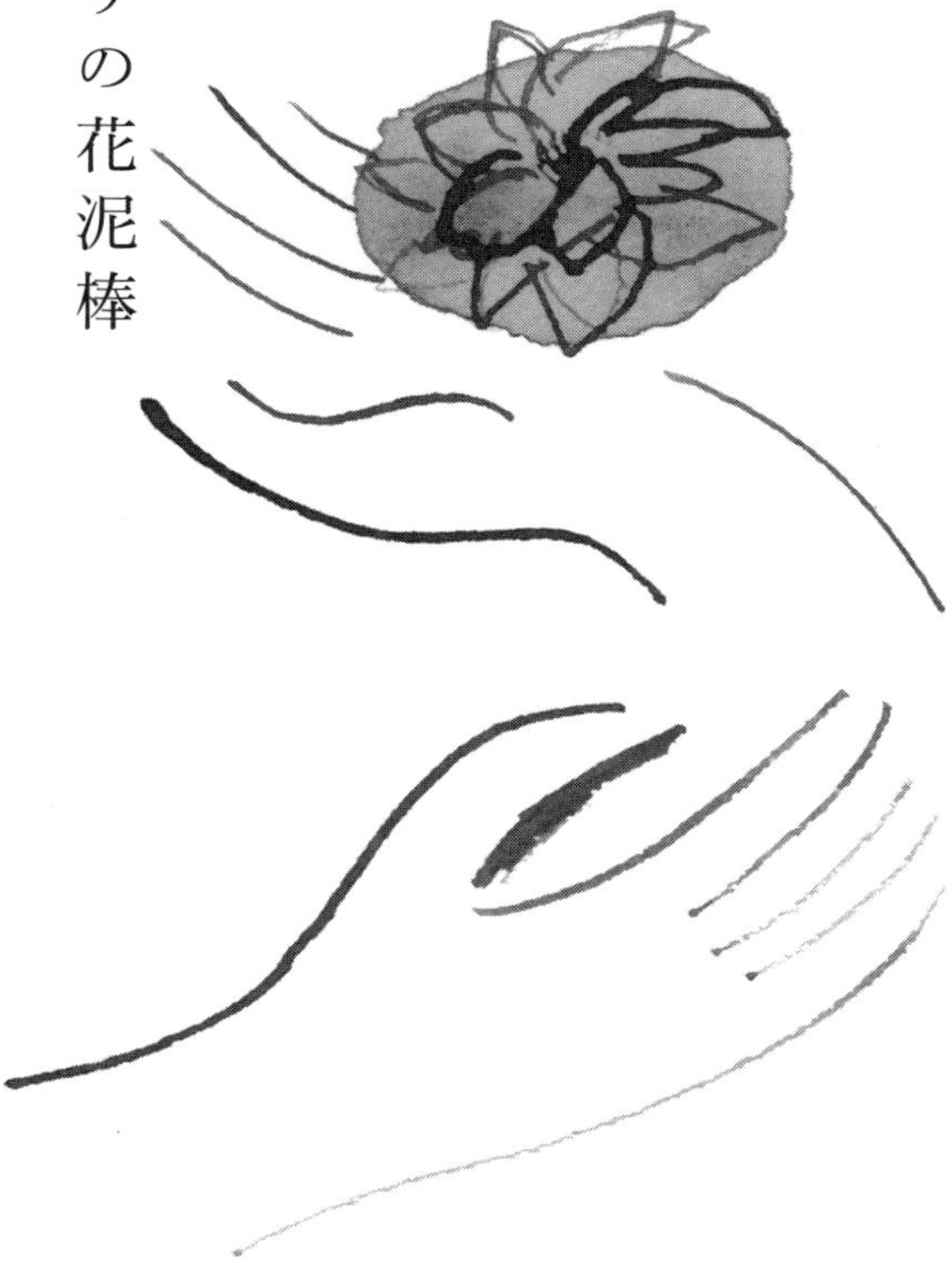

私は小学校三年生から五年生まで祖父母と暮らした。

私の妹は、小学校一年生のときに難しい病気にかかった。ランドセルをしょって入学式を終えた翌週、突然意識がなくなって、病院に運び込まれたときには、生存可能性が数パーセントの手術しか選択肢は残されていなかった。

一二時間の緊急手術が終わり、見通しの立たない長期入院が決まったとき、母は迷わず病院に寝泊まりして妹に付き添うことを決めた。

大人がひとりの私の家では、小学生の私の面倒をみる大人が必要になって、祖父と祖母のふたりが一緒に暮らすことになった。

祖父は静かなひとだった。よく手入れされたお庭がみえる書斎で本を読んだり、ものを書いたりするのが大好きで、毎日同じことを繰り返すことをこよなく愛していた。

祖母は花が好きなひとだった。見たことがない花が咲いていると、ひとの家だろうと公園だろうと、迷わず花を持ち帰り家に飾った。母や叔母は、「ひとの花を取るのは泥棒だよ」と祖母のことをたしなめたけれど、「たくさん咲いていたのに」と祖母は言いはり、花泥棒がなにか自然の摂理であるかのように話していた。

私の祖父と祖母は生まれたときからほとんどずっと、今帰仁村《なきじんそん》という海に囲まれた、お城の跡のある小さな村で暮らしてきた。広い庭のある古い家はいつも手入れをされていて、家の裏には隠し部屋のような小さな部屋まであった。コザ（沖縄市）のようなにぎやかな街の小さなお家で暮らすことは、ふたりにとって想像もつかないことだったと思う。私の家に荷物を運び入れると、「外が見えないから息が詰まりそう」と祖母は言って、家中の窓を開け放ち、それから息を吸い込んだ。

これから毎日、母は病院から仕事場に行き、仕事が終わったら家に立ち寄ってから病院に帰り、妹と一緒に眠る。私は祖父母のいる家から学校に行き、妹の病院に立ち寄ってから祖父母のいる家に帰り、祖父母と一緒に眠る。

＊

私と一緒に暮らしはじめても、祖父の生活のルールはあまり変わらなかった。祖父は朝起きると近所を散歩してそれからお庭の手入れをしてごはんを食べると、妹が入院している病院までバスで行って、夕方に母とバトンタッチすると家に帰ってきた。

祖父と暮らすようになってから、うちの庭はきれいになった。青々とした芝生に雑草はひとつもなく、夏のころには桃色のツツジの花びらが、冬のころには真紅《しんく》の椿《つばき》の花が、たぶんまだきれいに色づいているからという理由で、岩の上にお行儀よく並べられていた。

私の祖母は黙っていると愛らしくみえるひとだったけど、黙っていることはほとんどなく、口から出てくるのはひとを咎《とが》める言葉ばかりで、一緒に暮らしている三年間で私は祖母のことを大嫌いだと思うようになった。

部屋を散らかしていると、「汚くして！　ゴミだらけ！」と祖母は怒鳴り、掃除をしてゴミを捨てようとしたら、「ゴミがたまるまで汚くして！」と祖母は怒鳴った。暗くなって宿題をはじめたら、「こんなに遅くまで宿題をして！」と祖母は怒鳴り、明るいうちに宿題をはじめたら、「自分のことばっかりして！」と祖母は怒鳴った。

理屈がくるくる変わることを理不尽ということを知ってからは、私は毎日、祖母に理不尽なことで怒鳴られているのだと気がついた。一日に何回、祖母に理不尽なことで怒鳴られているか調べてみようと思いたち、自分の部屋に行く途中の階段の壁に二重丸で記録をつけた。二重丸は一日目には七個になり、二日目には八個になり、三日目には七個になった。

毎日こうだと生きるのが嫌になる。私は祖母の声を聞くのも嫌だった。

ある日、押入れにこもるのはどうかと思いつき、自分の部屋の押入れを空っぽにして、卓上ライトを設置して本が読める小部屋にした。小さなろうそくとお菓子を持ち込んだら、なかなか快適な隠れ部屋になった。

とりあえず、おばあちゃんに理不尽なことを言われたらここに隠れる。あんまり理不尽だったら、私はここに隠れてずっと出てこないことにする。

子ども心に、祖父がどうして祖母を嫌いにならないのか不思議だった。孫に対して理不尽なことを言う祖母は、祖父に対しても理不尽なことを言うひとだった。

「ねえ、おじいちゃんっておばあちゃんのこと、どうして嫌いにならないのかな?」と母に尋ねると、母に、「あのね、おじいちゃんはおばあちゃんのこと、大好きだよ」と言われて、本当にびっくりした。

「おばあちゃんって、ほら、一人娘のお嬢さまだったでしょ? 畑仕事もしたことのないひとだったのに一生懸命覚えてくれて、安月給のなかで子どもたちを育て上げて、あのひとは本当に素晴らしいひとだっておじいちゃんは思っているんだよ」

祖母の子ども時代のお嬢さまぶりは、せいぜい鶏の卵を毎日食べていた程度なのだけど、祖父が祖母を大事にしているのは本当だった。

祖父の散歩に付き合って近所の野原を歩いているとき、野生の野ばらをみつけたことがある。祖父は痛い痛いと言いながらトゲだらけのその花を摘《つ》んで、家に帰るとそれを祖母にプレゼントした。祖母は家の中にそれを飾ったあとで庭の片隅に挿し木した。

私の育った家のお庭には、そうした草花がたくさんある。考えてみたら、私の祖父母はふたりとも花泥棒だった。

三年間何度も再発を繰り返し、最後の手術をしたあと、もう手の施しようがないほど悪い症状のなかで、妹は静かに息をひきとった。

妹を守り続けた三年間の生活が終わって、祖父母は自分たちの家に帰ることになった。今帰仁村に帰る前日、祖父は新しく仏壇の設置された部屋に母と私を座らせて、「きみたちはふたりでがんばれるか?」と尋ねた。

母がなんと言ったかは覚えていない。私は祖父と離れるのは寂しかったけれど、祖母と暮らさないでいいのだと思うと心の底から嬉しかった。ヤッホー、私はもう押入れに隠れなくてもいい。私はもう、おばあちゃんの怒鳴り声を聞かなくてもいい。

*

妹が亡くなってから、祖父と祖母はふたりで一緒にあちらこちら旅行に出かけるようになった。戦争中に祖父が教師をしていた台湾に旅行したときには、祖父の教え子たちが集まって花火を次々とうちあげ、祖父は歌を詠んだと帰国後聞いた。

君をともないて青春の夢、ふたたびたずねる

「君って、だれ?」と母に尋ねると、「君っていうのは、想いびと、恋人のこと」と母が言った。「恋人っておばあちゃん?」と聞くと、「おじいちゃんはロマンチストだね」と母は笑い、私は「おじいちゃんは物好きだ」とびっくりした。

祖父は膵臓《すいぞう》がんで亡くなった。私が東京に行くことが決まったころ、祖父の身体にがんがみつかり、もう末期で手の施しようがないとのことだった。半年もつかわからないと医師たちは話したらしいけれど、母や叔母たちは、祖父母には何も話さないと最初から決めていた。

「おばあちゃんは隠すことができないひとだから、きっと泣いたり落ち込んだりして、おじいちゃんがつらいと思う」と、母は私にそう言った。「おばあちゃんはわかるけど、おじいちゃんに話さないのはどうかと思う」と私が言うと、「みんなで決めたことだから」と母は言った。でもね、と母は続けて言う。

「もしも私の余命が宣告されたら、一ヵ月前でも、あと一日しか余命がないっていう

ときにも、教えてちょうだい。死ぬ一日前でも、やらないといけないことがあるからね。そのときは、あなたが私に伝えるって決めないといけないんだよ」

母が、死ぬ一日前であってもやらないといけないと思っていることがなんなのか、私はいまでもわからない。でもそういう日が来たら、母に残されている時間をきちんと教えて、動揺する母がどんなに泣いてもわめいても、私はずっとそばにいる。私もまた、会えなくなってしまう母と語りたいことが残っている。

＊

東京に行くまでの一週間、祖父の病室に二回泊まった。黄疸《おうだん》が全身にひろがって、それがひどく痒《かゆ》いと話していたのだけど、昼間はまだ来客も多く、少しは気が紛れているようだった。

夜中にふと目覚めると、暗闇のなかで祖父がカリカリカリと皮膚を掻《か》く音が聞こえてきた。「おじいちゃん、眠れない？」と尋ねると、祖父は「うるさかったかなぁ」

とすまなそうに言った。「蒸しタオルで身体を拭《ふ》くと、痒みがおさまるかもしれないから用意するね」と言うと、「悪いなぁ」と言った。

私は蒸しタオルをふたつつくって、それから祖父の背中をタオルで拭いた。背中を拭きおわると、「本当にありがとう」と言って、祖父はすっと眠りについた。

たぶんいつものおじいちゃんだったら断るだろう。でも、今夜は身体が本当につらいから、私の申し出を拒《こば》まなかったのだろう。これから何度も、今夜のことを思い出すんだろうなと思いながら、私はもう一度眠りに落ちる。

東京に行く前日に、祖父の病院を訪れた。「明日から東京に行くよ」というと、祖父は「夏休みにまたいらっしゃい」といった。別れ際、病棟のナースステーションの前で、「本当にありがとう。しっかりおやりなさい」と祖父は私の顔をじっとみながらそう言って、いつまでもそこに立っていた。おじいちゃん、もしかしたらこれでもうさようならかもしれない。どこにいても、必ず帰ってくるからね。

祖父が亡くなったのは、それから二カ月もたたない初夏のころだ。東京で危篤の連絡を受けて、朝一の便で沖縄に帰ってきて、まっすぐ祖父の病院に行った。祖父はガリガリに痩せていて、意識はないとみんなは話した。なんどもなんども「おとうさん？　おとうさん？」と祖母が声をかけるなかで、祖父は大きく息を吸って、それからすっと亡くなった。

お葬式は、村の火葬場で行った。火葬のあいだ、畳部屋の折りたたみ椅子に座る祖母の右手をハナおばあちゃんが、祖母の左手をトシおばあちゃんが握っていた。小さなころから祖母の友だちだというふたりは、祖母のことを「シズちゃんシズちゃん」と呼んでいた。ふたりにぎゅっと挟まれて、祖母は涙を流しながら頷《うなず》いて、何かを小声で話していた。

参列者が一〇〇〇人近くいたので、長いお葬式になった。昼過ぎにはじまったお葬式が終わったのは夕方だった。お葬式が終わると二〇名近くの親族でお墓に行って、祖父の骨をお墓におさめ、黒い袈裟《けさ》を着たお坊さんが、お墓の前でその日二回目のお経をあげた。

私たちのお墓は、海にむかってひらかれた場所にある。これから毎日、おじいちゃんは波の音を聞きながら過ごすんだ、ここは本当にオーシャンビューだと思っていると、お墓から地続きの砂浜にむかって、祖母や叔母たちがぞろぞろと歩きはじめた。

これからみんなで海に入ると叔母のひとりが言うので、私はもう、なんだかわけがわからない。お坊さんは、「シマ（今帰仁村）の風習です。仏教では認めていないのですが、これはこれでいいんです。生きているひとたちが穏やかな気持ちになるために宗教はあるのです」と言った。

祖母、母、叔母、それから孫もみんなそろって海に入り、膝《ひざ》まで海の水に浸《つか》る。海に入った祖母は、遠く離れた海の彼方を指しながら、「お父さんは、あそこに行ったんだね」と言った。叔母のひとりは、「あそこで私たちをみてくれているんだね」と言った。母もまた「お父さんはあそこでみていてくれるよ」と続けて言った。

祖母が指し示した方角は、淡い緑と青が交差する海の彼方の水平線のところにある。死んだひとはみんなそこで暮らしていて、生きているひとが元気で過ごせるように願っていると、叔母のひとりがみんなに話す。

「お母さん、あそこっていうのは、天国みたいな場所のことだよね?」と尋ねると、「そうだよ。あそこは、ニライカナイだよ。死んだひとはニライカナイに行くという伝説があるよ。おじいちゃんは、そろそろゆりに会えたかね?」と母は言う。そばにいる叔母たちは、「おじいちゃんは水泳が得意だったから、もうそろそろ合流したはずよ」「ゆりはいまごろ、自分が死んだあとどんなことがあったのか、おじいちゃんを質問攻めにしているよ」「あそこでは、ゆりのほうが先輩だから、おじいちゃんにいろいろ教えているはずよ」と次々話す。

小さいままで死んでしまった妹が、祖父になにかを教えている姿を想像して、母も私もふふふと笑う。死んだらみんなあそこに行って、それから懐かしい話をするらしい。

海から砂浜にあがるときに、祖母は「まっとうけよ（待っていてくださいね）」と海の彼方に声をかけた。しばらくはあちらで暮らすことになった祖父への言葉なのだろう。

おばあちゃんのどこに、こんな優しい声が隠れていたのだろうと私は不思議に思う。妹の命が消えないように暮らしていた三年間、慣れない暮らしのなかで祖母もまた、必死に日々を送っていたのかもしれない。祖父がいなくなってから、私は初めて祖母の声を聞く。

たぶん、いつかはおばあちゃんが死んで、それから次にお母さんが死ぬ。死んだらみんなあそこに行く。いまもおじいちゃんは海にいる。私の妹も海にいる。私たちはいつか順番にあそこに行く。そのときまではここで頑張って、やがてすべてが終わったら、海の彼方にえいっと泳ぐ。

きれいな水

夏をむかえると、娘の保育園の園庭には水の入った小さなブリキのバケツがずらりと並ぶ。水に誘われるように子どもたちは庭に出て、小さなおしりをバケツにぎゅうぎゅういれて水につかる。

園庭にある水道の蛇口は子どもの目の高さに設置されていて、どんなに水で遊んでも子どもたちは怒られない。夏の暑い日、「水道代は大丈夫ですか」と声をかけると、「もちろんすごい金額ですよ。でも子どもに必要なものは水だから」と、保育園の先生はきっぱり言った。

娘がまだ赤ちゃんのころ、その保育園のベテランの先生は、毎日水をたくさん飲ませて、必ず身体のマッサージをするように私に言った。

「赤ちゃんのときに水が飲めないと、ずっと水を飲めない子になるから、たくさん水を飲ませてね。風花は肌が弱そうだけど、汗もいっぱいかかせてね。石鹸を使わないで、きれいな水で洗ってマッサージをすると皮膚は強くなるよ。マッサージのやり方は覚えてね」

登園した赤ちゃんは、必ずその先生にマッサージを受ける。それは格別に気持ちがよいらしい。娘を連れて登園すると、保育園児になりたての赤ちゃんたちがハイハイしながらその先生を追いかけていた。ハーメルンの笛吹き男さながらの光景に笑っていたら、娘もじきにその一人になった。

保育園の先生たちが大事に育てて、娘はほんとうに水が好きな子どもになった。お風呂に入ると娘は蛇口に口をつけて水を飲む。水をはったバケツがあると、娘はバケツに入って水と遊ぶ。海でも川でも、娘は水にまっすぐ入る。

そろそろ娘の遊ぶ浮き輪やバケツを出そうかと思いながら過ごしていた二〇一九年の五月、うちの水道水が汚染されていることがわかった。

報道によると、宜野湾《ぎのわん》市の住民の血液検査をしたところ、発がん性などのリスクがあるという有機フッ素化合物PFOSの血中濃度が全国の約四倍、国際的に規制がすすむ有機フッ素化合物PFHxSは全国の約五三倍の数値を示した。水源は嘉手納《かでな》基地近くの北谷《ちゃたん》浄水場だ。

その日の朝刊には、血液検査に協力したひとたちの、「湧水が汚染されていたのは知っていたけど、まさか水道水まで汚染されていたなんて」「井戸の水は避けるようにしていたのに」「浄水器は役に立たなかった」というコメントが並んだ。

湧水の次は水道水かと思い、怒りより先に悲しく沈む。二〇一八年の秋には、普天間《ふてんま》基地一帯の湧水から、飛行場で使用される有毒物質の泡消火剤が検出された。うちの近くの遊歩道にある湧水からも泡消火剤の反応が出て、最近になって「この水は飲めません」という看板がたてられた。

起きてきた夫に、宜野湾に住んでいるひとの血液から高濃度の有毒物質が検出されたことを告げる。そして、「うちの浄水器が役に立っているのかわかるまでは、風花に水道水を飲ませるのはやめよう」と言った。「水を買うってこと?」と不思議そうに尋ねられ、うっすらと傷つく。

「うん。通販とかで九州の水を届けてもらおう。どっちにしても、いろいろわかるまでは、沖縄の水を飲ませるのはやめよう」と話した。「そうしようか」と夫は言ったけれど、私が何にショックを受けているかは理解できないみたいだった。仕方がないのでもう少し説明する。

「遊歩道の湧水だけじゃなくて、今度は水道水がアウトだなんて、なんだか本当にまいっている。こんなに爆音があって、これ以上ひどいことはないと思っていたら、オスプレイがやってきた。あのときと一緒で、このままここで暮らして大丈夫かな、引っ越さなくていいのかなって思っている」

黙って聞いていた夫が、「んー、引っ越しは現実的じゃないんじゃない？　ほかも同じ浄水場だと思うし、ゆっくり話そう」と言うので、今度は私が黙り込む。

娘が起きてくる前に、近所の自動販売機でその日の朝の水を買う。五〇〇ミリリットルのペットボトル二本の水があれば、朝ごはんの支度はできる。こうやって料理の水はコントロールできるけれど、お風呂の水はどうだろう。お風呂に入るとき、娘は水道の蛇口に口をつけて水を飲む。水でふくらんだ娘のまるいおなかをバスタオルで拭きながら、私はいつも娘と笑う。

年明けから頻繁に、一〇〇デシベルの爆音をたててアメリカ軍の外来機が飛んでいる。ＳＮＳにアップしてみんなに見てもらおうと思うのに、撮影ができたことは一度もない。飛行機が接近すると家全体がガタガタ震えるから、娘はおびえて、ひどいときには泣き叫ぶ。だから、飛行機が飛んでいる時間、私は娘のそばから離れない。遊歩道のきれいな湧水に歓声をあげた、去年までの娘のことを考える。湧水が汚染されていることを知ったとき、私はその水をあきらめた。

これからも、娘が泣いたらそばにいる。これからも、娘をあの遊歩道に連れて行くことはないだろう。そしてこれからは、娘に水道水は飲ませない。私が決めたいくつかのことは、ほんのわずかな譲歩だろうか。ちょっとずつ我慢しながらここに居続けたことが、いつか決定的な間違いになる日が来るのだろうか。あのとき逃げだせばよかったと、後悔する日が来るのだろうか。

しばらくたってから、北谷浄水場を水源とするほかの町の水道水からも、有毒物質が検出された。沖縄のあちらこちらの水が汚染されている。私は、どこに逃げたらいいかわからない。

＊

いま、まっただなかで暮らしているひとは、どこに逃げたらいいのかわからない。

宜野湾市で暮らすようになったとき、この近くには自然壕があって戦争のときには近所に住む白髪の女性に話を聞いたときもそう思った。

住民がそこに隠れていたこと、自然壕のなかにはきれいな湧水があって飲み水に困ることはなかったことを近所のひとから教えてもらった。

「湧水があるからなんですね。このあたりで蛍が飛ぶのは」と言うと、「そこの川にはカワセミもいますよ」と教えてくれた。

あとで調べると、カワセミは翡翠《ひすい》と呼ばれる色をした美しい鳥で、戦争のときに住民が隠れていた自然壕は、私の家からほんの少しのところにあった。そのときから、ここで長く暮らしてきたひとの話を聞いてみたい、水面を飛ぶ本物のカワセミを見てみたいと思いながら生活する。

二〇一八年の三月、カワセミを見るより早く、ずっとここで暮らしてきた女性の話を聞けることになった。

近所の鍼の先生から、近くに九〇代の女性がいて、戦争中のことを教えてもらえると紹介された。その家を訪ねてみると、仏壇前には白髪の女性が、縁側には六〇代くらいの男性が座っていた。私が「こんにちは」と挨拶をすると、「耳が遠くなっている」と女性は言い、縁側に座っていた男性は、「おばあは耳が遠いから、もっと大きな声で話さないといけないよ」と言いながら、女性の隣にすとんと座った。あんまりなめらかに座るので、その男性は息子なのかと思ったら甥で、聞けばこの家の手伝いをしながら過ごしているという。

目の前に大きな畑があったので、「戦後はずっと、畑をしていたんですか?」と尋ねると、「花をやっていた。菊、はじめはキンセンカとかカーネーション」「アメリカー(アメリカ人)に一ドルで売っていた」「嘉手納空軍基地までバスに乗って、毎日、行商」と女性は答えた。

それから基地から持ち帰ったものを、なんでも売り買いしながら生活してきたと白髪の女性は話し出す。

「小さいビンがよ、でべそのビンがあるでしょう。あれもらってきてね、一銭で買って二銭で売りよった、那覇のカラスグヮ〜屋（塩辛屋）に（笑）。カラスグヮ〜を売るでしょう。ビン買いにきよったよ、お家に。うちはアメリカーにね、「もったいない！」と言いよったさ。（そう言って）このビンはもらいよった」

沖縄では、海の藻を食べたことのない産まれたばかりのアイゴの稚魚を捕って、塩漬けにして発酵させて、スクガラスという塩辛にする。そのスクガラスを詰める瓶を、嘉手納基地から買ったりもらったりしては、スクガラス屋に売っていたと女性は話す。「おばあは偉いよ、四〇過ぎてから車の免許もとった」と男性が言うと、「はっしぇ！　一年もかかった！」と女性は言い、「はっしぇ！　もっとかかったよ！」と男性が言うので、みんなで笑う。

それから、一九四五年の四月の話になる。

女性は、近所の自然壕に家族と親戚で隠れていた。壕のなかには数えられないほどたくさんのひとが隠れていた。四月になると海からの艦砲射撃の爆弾が休むことなく降り注ぎ、ここはもう危ないからみんなで逃げようという話になった。

四月四日、女性は家族や親戚二三名で自然壕を出て、日本軍と一緒に南のほうに移動した。

「どこに逃げたんですか?」と尋ねると、「浦添《うらそえ》城址の前の道を通って首里《しゅり》」、それから「繁多川《はんたがわ》」、それから「どこかも道がわからない」、それから最後は「喜屋武岬《きゃんみさき》」と女性は言う。

女性が逃げたルートを聞いて息をのむ。それは住民を盾にして移動した、日本軍の壊滅のルートだ。その先々で起こったことを、戦争が終わったあとで生まれた私たちは知っている。

女性は続ける。

「弟は戦争には行かないがね、「人が亡くなっているよ」って言って、これ(遺体を）片付けに行ったら、自分が墓の側にいて、こんなにして（倒れていて）。……見たくもない。（弟の）すぐ頭の上に破片があってね。見たくなかったよ。うちは見たよう」

「（妹は）うちなんかの次男の、「子どもたちのミルク取りに行こう」と言って、ミルク取りに行ったらまたやられて、（帰って）来なくなっていたさ。「子どものミルク取りに行こう」と言って行ったら、また帰ってこなかった」

「お父さんは歩きながら、大里村《おおざとそん》（現・南城市）で、歩きながらやられたね。だ〜ひゃ〜、遺骨はないさ。この前にね、「お金持ってあるからね、あんた持っておきなさい」って。「勘定」って言ってね、うちが長女だったから、お金を私に渡すさ、お母さんはいるが、私に渡しよった。……こっちからみたら、戦車が通ったと思ったらね、「戦車、（生きている人間の）上から歩かすよ」……なんかデマがあるさぁね。これも怖くてね。毎日泣いて暮らしていたよ」

「（親戚の）姉さんは子どももいたから、子どももいるから、「いつまでも（子どもと自分は）一緒だから、こっちに置いていてね」って。うちはまた、逃げたからね。この子どもたちもいなくなっていたさ」

弟は、遺体を片付けるために外に出て爆撃を受けて死んだ。妹は、親戚の子どもたちのミルクを取りに行って帰ってこなかった。父親は、一家のお金を女性に託したあとで爆撃を受けて死んだ。親戚のお姉さんは、子どもと自分は何があっても一緒にいるからここに置いていきなさいと言って、そして子どもたちと一緒にいなくなった。宜野湾市の自然壕を出た女性の家族と親戚の二三人は、アメリカ軍に投降を呼びかけられた糸満《いとまん》市の喜屋武岬では四人になっていた。

ずっと前に、東京の友だちが沖縄に仕事で来ていて、仕事が終わったあとで喜屋武岬に連れて行った。そこは、追い詰められた住民が、次々と海に飛び込んだ場所だ。見渡すばかりの青い海に歓声をあげた友だちは、「わかんないなぁ。この青さだったら飛び降りるんじゃなくて、泳ぐでしょう」と言って、私の隣で手足をバタバタさせた。

「海が真っ黒だったらしいよ。あたり一面、アメリカ軍の戦艦が海を覆って、みんな砲口をこちらにむけて」

友だちは隣でしんと黙り込んだ。車に戻ってから、「あの海が真っ黒だと、もうどこにも逃げることはできないって思っちゃうよね」と友だちは言って、「わからないことばかりだ」とつぶやいた。生き残った女性が捕虜になったのは、その海だ。

女性は母親とふたりで名護《なご》市の嘉陽《かよう》にある捕虜収容所に連れて行かれ、そのあと、宜野湾市の野嵩《のだけ》にある捕虜収容所に連れて行かれた。捕虜収容所を解放されたあと、壊滅していた自宅の敷地にバラック小屋を建てて、女性と母親は暮らしはじめた。女性の戦後は、そこからはじまった。

戦争が終わって二年たったころ、女性の婚約者が戻ってきた。でも、あまりにも「よーがりていた（痩せ細っていた）」ので、そのひとがだれだかみんなわからなかった。それでも女性はその婚約者と結婚して看病し、花を育てて嘉手納基地に売り、土地を開墾して菊の花を育てて生活してきた。

女性は戦後生きてきた自分のことを、「艦砲の喰《く》ぇぬくさー」だと私に言った。艦砲射撃という化け物が、人間を喰い散らかしたあとに残った残骸という意味だ。


戦時から戦後へとわたる歴史を聞きながら、戦場を逃げまどう時間が三ヵ月も続いたことに気がついて、「生理とかはどうしていたの?」と私は聞いた。男性が、「おしめでしょう、おばあ?」と聞くとかぶりをふって、「そのときはあんまりなかったよ。あれ(爆撃)で止まるのかしらね?」と女性は話す。「捕虜になって、こっちに戻ってきてから生理も戻ってきた?」と尋ねると、「あんまりなかったさ」と女性は言う。

三ヵ月ものあいだ、どこに逃げたらいいのかわからないまま女性は逃げていた。逃げる前も逃げるときも、十分な食べ物はなかった。逃げ惑う先々で家族はひとりずついなくなった。飢えと恐怖で生理は止まるだろう。私はやっぱりなにもわかっていないのだと話を聞く。

＊

あれから何度か、女性の家を訪ねている。

甥や姪や娘を引き連れて女性のうちを訪ねたのはちょうどニンジンの収穫期で、女性は「畑に入って自分で取りなさい」と子どもたちに声をかけた。

歓声をあげながらニンジンを収穫している子どもたちを縁側から眺めていた女性は、帰り際に私を呼びとめて、「子どもたちにおやつを買いなさい」とお金をくれた。私が驚いて、「こんなのもらえないです」と言うと、女性は「なんで！　もらって！」と、大きな声で私に言った。そばにいた男性は、「えー！　もらっておけ！　もらわなかったら、おばあ、怒るからさぁ！」ともっと大きな声で私に言った。これはもう甘えてしまおうと思いなおし、子どもたちをずらりと並べて、「ありがとうございます」と私もまた、大きな声でお礼を言った。

こういうふうにもらったお金は、なにかの記憶として残しておかないといけないと思って、帰り道でアイスクリーム屋さんに立ち寄った。

アイスクリームのショーケースを前にして、「おばあちゃんのプレゼントだから、自分の好きなアイスクリームを選んでいいよ」と子どもたちに言うと、「かーちゃんと半分こ?」と娘は聞いた。「おばあちゃんからもらったお金だから、風花もひとりで食べていいよ」と言うと、娘は「ひとりでぜんぶ食べていいの」と目を丸くした。その日、娘はひとりでいちごのアイスクリームをぜんぶ食べて、夜になってから巨大なアイスクリームの絵を描いた。

あの日の娘の記憶は、たぶんもう、葉っぱのついたニンジンといちごのアイスクリームだけになっている。私たちを招き入れてくれたあの柔らかい土の畑は、戦争のあと、あのひとがもう一度つくりあげた場所だ。それをどのように娘に教えたらいいのか考えあぐね、結局、なにも教えることができないまま時間がたった。

地形が変わるほどの爆弾が撃ち込まれるのが戦争だということを、子どもたちが次々と亡くなるのが戦争だということを、子どもと自分はいつまでも一緒だと告げて亡くなった母親がいるのが戦争だということを、飢えと恐怖で生理が止まるのが戦争だということを、そして、あのおばあちゃんはそれらのぜんぶを体験したあと、もう一度、あそこで土をたがやして生きてきたのだということを、どのように娘に伝えたらいいのか私はまだわからない。

恐怖で眼を見ひらく娘に、戦争があったのはほんとうにはるか遠く、これはむかしむかしのお話だと、私はいつか娘に言ってあげられるのだろうか。

いまこうしているあいだにも、自然壕のなかでは水は休むことなく湧き出ていて、光る水面を飛ぶカワセミを一緒に見ようと娘を連れて、ここはとてもきれいな水のあるほとり、だから風花はなにも怖がることはないと、私はいつか娘に言ってあげることができるのだろうか。

ひとりで生きる

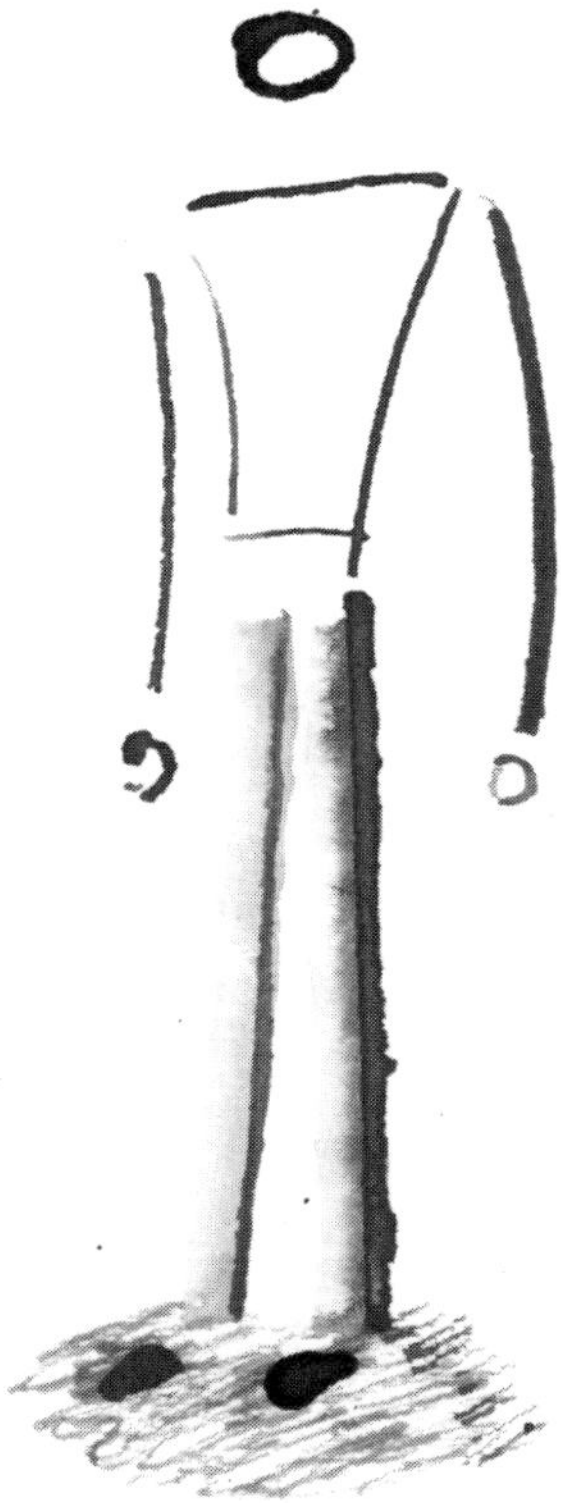

和樹のことは、沖縄で風俗の調査をしているときに噂で聞いた。

——自分の恋人の春菜に援助交際をさせて荒稼ぎしている松山のホストがいる、源氏名はきさらぎみやび。

和樹の恋人である春菜は、父親と母親が離婚した幼いころから居場所を転々としながら大きくなった子だった。一五歳のときに家を出てからずっと、春菜は自分と恋人の和樹が探した客と援助交際をしながら四年近く生活していた。

私は何度か春菜と会った。私と会っているころ、春菜は和樹ともう別れていた。私に会うと春菜は、自分から和樹と別れたこと、和樹と別れたので仕事をしなくてよくなったこと、いま昼の仕事ができているのが嬉しいと、しっかりした口調で話していた。

インタビューから一年近くたって春菜に連絡すると、春菜の携帯電話は通じなくなっていた。以前、春菜を紹介してくれたひとに「春菜は最近どうしているの？」と尋ねると、「最近噂を聞かないな。和樹に聞いてあげようか」と言ってくれた。春菜を働かせて生活していた和樹に聞きたいことは何もないと思ったから、私はその誘いを断った。

それからも、和樹の噂はときどき聞いた。和樹は、春菜がいない沖縄で暮らすのは嫌だと言ったらしい。春菜と別れたあと、東京に行ったらしい。東京ではホストをしているらしい。お盆に帰ってきてライカムで爆買いしていたらしい。バーに行っても居酒屋に行っても、話題になるくらいかっこよかったとみんな話しているらしい。

春菜と会えないいまなら、和樹に会ってもいいかもしれない。

二〇一七年の冬に東京で、荻上チキさんのラジオ番組の仕事があった。人づてに、和樹に会いたいと連絡したら、一緒に暮らしているホストの子たちと鍋をしていて、和樹は大やけどをして入院していた。そのころだったら退院しているから会えると思うと和樹は言った。

約束した二月のその日は、和樹が退院する日だった。いろいろ考えて、和樹との待ち合わせは「椿屋珈琲店　新宿茶寮」にした。あそこならタバコが吸えるし、駅から近くてわかりやすい。

それでも、和樹がお店にたどり着くまでけっこう時間がかかった。

待ち合わせから一時間近くたって私の目の前に現れたのは、やわらかいスウェットの上下を着た、肌の綺麗なテレビに出てくるような男の子だった。私に近づくと「迷子になっちゃった。こんなとこ、全然こないんで」と、その男の子は言った。

「退院したばっかりなのに、ごめんね。どう、けがの具合?」と声をかけると、和樹はするするすると服をめくっておなかの傷を私にみせ、「もう、だいぶいいかんじです」と言った。そして顔をしかめながら今度はズボンをめくりあげ、「コルセットがずれるのが痛くて」と、太ももに巻いたコルセットをみせた。そして、「今日はこれからスタジオで撮影で、まだメイクしてなくて」と言うので、「メイクするんだ?」と言うと、「しますよ」と笑いながら、薄く剃《そ》られた眉をおさえた。

女の子と会っているときみたいと思いながら、私は店員にケーキを注文する。

女の子と会っているときみたいと思ったのは、和樹が綺麗なひとだったからだけではない。けがの具合を聞いたとき、和樹はためらうことなく服をめくり、自分の身体を私にみせた。こういう、一見すると相手の意のままにふるまってみせる受動的なパフォーマンスはおなじみのものだ。

こんなふうに自分のセクシャルな価値をよくわかり、それを使ってその場の空気を統制しようとする女の子や女のひとと私はこれまで何度も会ってきた。どこかで痛々しいと思いながら、そのひとがつくりだしてくれた空気に私はのる。それがそのひとのいちばん安心するコミュニケーションの取り方だからだ。

インタビューで、和樹についてわかったことは多かった。和樹は父親に殴られて大きくなっていて、母親にお金をたかられていて、いまは父親にお金を送っている。だったら和樹は許されるのだろうか？　和樹は春菜を使い、生きてきた。春菜が仕事をしたくないと泣いているときも、和樹は春菜を優しく促し仕事に行くように仕向けてきた。

インタビューを書き起こしたデータをみながら、書くことによって、和樹のそうした日々が肯定されていいのだろうかと私は迷っていた。だが、取材した話を書かないことも違うように私は思う。

和樹のインタビューの記録を、データのまま出してみようと思う。これは、沖縄で殴られながら大きくなった男の子が、恋人に援助交際をさせながら数千万円以上稼ぎだし、それをすべて使いはたし、その恋人に振られて東京に出て、何もかもを利用しながら新宿の喧騒のなかで今日も暮らしている、そういう記録だ。

いつか加害のことを、そのひとの受けた被害の過去とともに書く方法をみつけることができたらいいと、私はそう思っている。

＊

——どんな中学生？

どんな中学生かな。やんちゃしてました、たしかに。

――やんちゃしてた記憶ナンバーワンは？

いちばんやばかったやつっすか（笑）。えー、工場入って、その工場のものをぜんぶしっちゃかめっちゃかにして新聞載って、罰金一〇〇〇万払いました。友だち四人でやったんで、二五〇万ずつ割り勘で。……

――お母さん、お父さん、どんな人？

お父さんはめっちゃ怖いです。いまは怖くないですけど。病気持って仕事もできなくなったんで。僕が中学校のころはやばかったです。

――怖くて？

はーい。鬼のように。

——殴る系？

そうですね。殴る系だし、投げる系でしたね。……

——お父さん、おっきい人なの？

そうですね。いま、僕と変わんないくらいです。いまは病気になっちゃってて、変わんないですけど。

——なんの病気？

半身不随です。身体の左半分が動かないというか、負傷してます。

——脳卒中とか？

そっち系ですね。

——お母さんはどんな人？

お母さんはー、どんな人？　どんな人。別に普通です。え、どんな人？　どんな人なんだろう。怖いとかは思ったことないけど。すぐ泣くかなぁ。すぐ泣くイメージがある。

——じゃあ一〇〇〇万事件のときは何か言われた？　泣いてた？

そのときは。二五〇万の半分くらい、弟が払ったんで。僕の弟、鶏《とり》好きなんですよ。鶏の賭博してて。小学生で。お父さんも鶏が好きで。賭博系大好きなんで。鶏と鶏の喧嘩で赤白とかの闘いでやるんですよ。お父さんが教えてくれて、貯金いろいろしてて。それで一五〇万とか払ったんですよ。

――なんか言われた？

弟ですか？「やー、フラーやー（この、馬鹿野郎）」って言われて（笑）。

……

――東京に出たのは何歳のとき？

二一歳。今年、二四なんで、約三年。

――ずっと帰らなかったというのは、来てからずっといたの？

ずっといました。

――寂しくなったことは？

そうですね。そんな帰ってもすることないしな。東京のほうが楽しいなって思いました。

――春菜と別れて、すぐ東京に来たっていう感じなのかな?

三ヵ月とか、いや半年くらいですかね。

――春菜とめっちゃ長かったでしょ。

五年くらいですね。

――長く付き合ったでしょ?　人生でいちばん長いくらいじゃない?

そうです。

――春菜の仕事、援助交際のことぜんぶ聞いてて。和樹と組んで客取っていたっていう話も聞いたわけさ。どんなして付き合った？　どんな関係だった？

えー。どんなして付き合ったか、ですか。もともと、友だちの彼女で。で、友だちと別れて、春菜から告白されて。付き合ったのが一六歳なんですよ。

――そのときは、別に誰とも付き合ってなかった？

僕ですか。はい。普通に、僕もそのとき、高校行ってたんで。毎週土日会ってる感じで。付き合って、そうですね。あいつも親とそっち系のゴタゴタがいっぱいあったんで。家出るって。そっから春菜のところに。僕も色々、親が嫌で。なんかそのとき。

一六のときに、高校そのままぶっちして。友だちと福岡行ったんですよ。そのとき、約一七歳で。そのときにはホストするってずっと決めてたんで。中洲、ホスト募集してるから行こうみたいな感じで、福岡でホストしに行って。その店がめっちゃクソ店で、そこでは一年くらい働いてました。

――なんでクソ店？

あ、もう給料とかめっちゃもらえなくて。

――え、なんで？　とってるのにお客さん？

そうですね。その日暮らしで「はい、一〇〇〇〇円」みたいな。働いてる従業員が「はい、一〇〇〇円」みたいな。「タバコとごはん買えるじゃん。その一〇〇〇円で」って。

――いやいやいやいや店出てるのに？

給料日も給料一万円とかで。まだそのとき一七歳だし。家もあるし。寮もあるし。家もあるし、ホストできてるし、しかも一七歳だし、っていうのもいろいろあって、なんも言えんくて。身分証も確認されない店だったんですよ。だから、年齢もずっと一八歳って言ってて。

……いま考えるとバカバカしいですけどね。で、親から電話来て。福岡のとき、お金もなくて帰れなくて、沖縄に。「飛行機代出すから一旦帰っておいで」って。で、沖縄帰って。もうやめるって言わずに逃げたんですよ。友だち三人とバラバラに逃げて。

――ヤクザかなんかだったの？

（ヤクザ）も、いっぱいいましたね。やっぱ九州なんで。ヤクザとかそっち系多いじゃないですか。ぼこられるのも、めっちゃ目の前でも見たし。その逃げた人捕まってて、すっごいズタズタにボコボコにされてたし。それが怖くて、余計。でも、俺らそのとき一七歳だし、イケイケじゃないですか。「別に、捕まっても怖くなくね？」みたいな。「別に、犯罪なのはあっちじゃない？　未成年雇ったほうが悪いっしょ」みたいになって。「え、逃げよう。飛ぼう」みたいな感じで、みんなで逃げました。

そっから春菜といたんで。そのときは、僕も春菜とずっといて一年くらいかな。そんないないか。……そのとき、なんでだったかな。なんで家出たっけ。高校生になっても門限とかつけられてて、僕、バイトも仕事もなんもしてなかったんで、いろいろなんか。まわりみんな遊ぶじゃないですか。一〇代なんで。ウザくて。

——お母さんとの対立？　お父さんとの対立？

お父さんです。

——お父さんか。まだ、怖かったときの？

そのときは。僕は、それ終わってからだいぶ落ち着きました。妹も荒れてて、弟も荒れたんで。……それで、「なんかお前のせいだよ」みたいなバーバー言われてて、「じゃあ出て行け」みたいな感じになって、お父さんはそういうの「上等上等、行け行け行け」みたいな感じなんで。「それができるんならいいんじゃない？　どうせお前戻ってくるよ」みたいな。

——煽《あお》られたんだ？

お父さんもめっちゃイケイケなんですよ。話聞いてたら。イケイケだったんだろうな、っていう。

——やんちゃだったんだ。殴られたりもした？

はい。けっこう、逃げましたよ。僕は。テーブルもぜんぶひっくり返すし、あるものぜんぶ投げるんで。

――ずっと春菜が仕事してたさーね。そのことに関しては、どんなって思ってたの？　なんかさ、普通、感覚的に言ったら、自分の彼女が援助交際で、客、取ってたら嫌かなーとか思ったりするんだけど？

そんな思わなかったです。あんま好きじゃなかったんで、春菜のこと。

――そうなんだ。……んー、好きな子だったらやっぱり嫌なの？

えー、どうなんすかね。僕、頭おかしいんで。いろいろと……。

――セックスの価値って、みんな違うさ。

はいはいはい。

――大事ーって思う人もいるし、そうじゃない人もいるし。

それが仕事と思って割り切れるんだったら、別にいいと思います。そのほうが。俺はそこを割り切れると思ってるんで。だから、別に女の子が風俗しようが、別にキャバクラで働こうが、酒飲もうが何しようが、そこらあたり、もう仕事って区別してて、仕事のセックス、仕事じゃないセックスとはまた違うと思うんで、それをまた同じと思うんだったら……。

——自分のなかでは区別ができるって感じなのかな。……セックスの価値は低いのかな、和樹の場合は。

いや、セックスは最高だと思いますよ。それはホストでも最後なので。

——客とする？

僕は選ぶ。選んでるんで、お客さんを。いまはそんなないですけど、前はめっちゃ「お金使うかも」ってなったら、「とりあえず一発やっとこうかな」って。

――なんだろう。やっぱり恋愛っぽい感じにしておいてっていうかんじ？　やっぱ、そのほうがお金使うかんじ？

動くときは、ゼロが変わりますね。

――いくらがいくらになる世界なの？

まぁ、簡単にいえば一〇万が一〇〇万みたいな。

――へぇ。

そのセックスをするだけで。

――店に来てくれる回数が違うの？

回数というよりも額ですよね。

――落とすお金が違う？

回数は、来ようと思えば来れると思うんで。仕事終わって来て、仕事終わって来て、っていうのはできる。ただ、誕生日とかイベントのときに、ドンッて使うか使わないかとか。毎月イベントはあるんで、そこで高級ボトル、二〇〇万、三〇〇万、五〇〇万っていうボトルを下ろせるかっていうのはありますよ。

――「いまは選んでる」っていうのはどういうこと。

え、「かわいくないからやらない」とか。「デブだからやだ」とか「お金使わなさそう」だったり、「お金使ってないからやだ」だったり、「こいつ、めんどくさいからな」って。

――めんどくさいってどういうやつ？

メンヘラ系です。「ねぇ、私のこと好き？」とか。「僕がいなきゃ！」とかなんですけど。

――聞くんだー。店で？

いや、電話とかラインとか。「あたしのこと好き？」みたいな。そういうのがいちばん大嫌い。

――なんていうの？

それは、「好きだよ」って言いますけど、それがいちばん嫌いなの。あと、デブは嫌いです。お金使わないんで、稼げないんで。あと、性格ブスも嫌いです。ひねくれ者っていうんですかね。ホストって、お金も動くし、感情も動くし。すべて動くんで、ボロが出るっていうか。リスカ系も嫌いです。かまってちゃん的な。

――好きなタイプは？

僕のタイプは絶対ギャル系ですね。

――カラッとして楽しいの？

細いのは好きじゃないです。一緒に歩くのは細いほうがいいですけど。

――ややこしい～（笑）。

僕、めっちゃわがままっすよ（笑）。……僕、基本的にホストで来るお客さん、全員嫌いなんで。ホストに通う女は好きじゃない。女としてみてないです。

——春菜もそんなに好きじゃなかった？

春菜は別にホストとして出会ってないから。うーん。もともと別に好きではないです。全然タイプじゃないし、もともとは。僕が春菜に化粧教えたし、服装も「こういうの着なさい」って言ったし、髪の毛も僕が選んだし、僕が理想の女に仕立てたんすけど。

——時間かけて、ずっと付き合って？

そうですね。でも別れるってなったときに、「あ、これって好きなんだ」って思いました。そのときに、やっと。「あ、俺って春菜のこと好きなんだ」って。そのときに、実感っていうか。「あー！」ってなって。

――寂しかった？

そうですね。僕、どうやって生きていこうかと思いました。いままで普通に春菜のお金で、要はずっと生活してたわけだし。僕の収入の一八倍？　いや二五倍くらい？

――いくら稼いでたの？

誰がですか？　僕？　パチ屋（パチンコ店の店員）してたんで、二〇万くらい。

……一〇倍とか一五倍くらいですね。

――そうやって、時間が経ってみたら好きになってた？

そのために東京来たんです。

――吹っ切るために？

うん。決めてたんで。春菜と別れたら、絶対東京行くって。それは春菜にも言ってて。「お前と別れたら東京行くわ、ホストするし」って、そう言ってて。

――それで、本当に来たんだ。

あいつも多分嘘と思ってて、僕が最初、昼間働いたのも、春菜と付き合って、「俺、こいつと一生生きていくんだろうな」って思ったし。あ、その二〇歳のときに。「あ、俺こいつと結婚するんだろうな」ってガチで考えてて。普通に、そのときに、昼職しはじめたし、アパートも借りたし。一緒に二人暮らしっていうのをはじめたし。そうですね。そのとき。

そっから、ジョウっていう子が東京で新宿でホストしてて。……キラキラしてて会話してても楽しいし。やっぱりしたいなって思ったんですよ。どうせするなら新宿だなって思って。

——沖縄の子いるの？

けっこう多いんじゃないですかね。僕の店でも僕の三個上の人がいるんですけど。沖縄で、取締役なんですけど、僕の店のトップです。その人、一六〇〇万プレーヤーです。月ですよ。名古屋でなんですけど。で、いま東京来て。

——こういう先輩とかとの交流とかもあるんだ？　どんなやって稼ぐかとか、どんなやってお客さんと接客するかとか、勉強会みたいなのとか？

ありますありますます。

——どうやってやんの、勉強会？

え、「いまこういう状況でこうなんですけど、どうしたらいいですか」って。「俺ならこうするねー」とか。

――具体的に聞いていい？　全然さっぱり意味が分からん。

えー、じゃあ例えば、僕のバースデーです。誕生日で一〇〇〇万売りたいです。で、Aちゃんに五〇〇万使ってもらいます。Bちゃんが三〇〇万使います。Cちゃんが二〇〇万使います。でも、Aちゃんは絶対シャンパンタワーじゃないとやりませんって言ってます。でも、Bちゃんもシャンパンタワーしたいって言ってます。Cちゃんもシャンパンタワーじゃないとヤダって言います。でも、シャンパンタワー、一基しかできないんで、どうしたらいいかっていうのを相談します。

――どうするの？

それは現金あるほうにやらせるしかない。別にシャンパンタワー五〇〇万っていうのと、最高級ブランデーっていうの、五〇万があるんですよ。一本五〇〇万か一〇本五〇〇万かっていう。バースデーはメインのシャンパンタワーがいて、高級ブランデーがサブでいて、五万、一〇万の子が下にパーって。

――すごいお金が動くね。

そうですそうです。

――て、なったときに、先輩のアドバイスは？　シャンパンタワーはまずひとつしかできないから？

ひとりって決めないで三人でやったら喧嘩なるし、「なんであたしのほうがかわいくないの？」「あっちの方がなんかおっきいのちっちゃいの」とか、そういうトラブルが生まれるんすよ。……女の子との関係性にもよります。彼女だったら。イロコイホスト、本営（本カノ営業）とかあるんですけど。本カノだけど営業するし、本カノだけど、一番エース使う。要するに擬似恋愛なんですけど。

――ホストはだいたいいるの？

そうですね。基本は。多いときは八人とか一〇人とか。

――大丈夫なんだ。付き合えちゃうんだ。こんがらがらないんだ。

アイドルなんでね。芸能人と付き合ってる感覚ですよ、女の子は。「その子と付き合ってる」っていう勝手なステータス。「あの店のナンバーワンの子と付き合ってるアタシ」っていうやつ……。

――ホストはエステとかも行く？

そうですね。脱毛は月イチで。

――ほかにもやってるの、ある？

あと、そうですね。整形とか。脱毛のついでにみたいな、店のあれでちょっと安くなるんです。

――店のお金が半分で、自分が半分くらい？

違います。店の売上に応じてです。

――厳しい。

要は、この子に投資しても売れなかったら意味ないんで。数字持ってる人に投資して。店もそう言う。「そうしたいなら売れるように頑張れ。こっちはそういう指導してるから」っていう。「俺の言うこと聞けば売れるから、それができてないのがお前。だから売れてないんでしょ」みたいな感じです。

――沖縄には帰る？

貯金が貯まるまでは、沖縄帰らないって決めたんで。とりあえず二〇〇〇万。実家をリフォームする。お父さんもうあれなんで。かわいそうなんで。だって。お母さんがなんもしないんで、お父さんのこと。だから、かわいそうだなって思って。いま、弟がずっと見てる状況なんで。で、弟もいま彼女が居て、一七歳、いや一八歳か。いまいちばん遊びたい時期だし、お金必要だし、そんなお父さんの面倒見てるっていうか、買いたいものもいっぱいあるだろうし、服も買いたいし、遊びたいし、飲みに行きたいし、っていっぱいあるじゃないですか。弟にそれをやらすのは違うなって思ったし。

妹も妹で、旦那さんいて、子どももいて、家庭持ってるし、二〇歳なんすけど、「お金ないお金ない」って張り合うんで、「コレほしいアレほしい」みたいな。別に、いま、僕、彼女もいないし、お金に困ってるわけでもないから、買ってあげてるんですけど。今日も買ったんですけど、昨日も買ったんですけど、財布欲しいって言ったら財布買ってあげたし、沖縄帰ったときも一〇万くらい渡したし。

――妹にもあげたの。

はい。で、あとお父さんに五万くらいあげて。

――なんで？　うーんー、なんでって変かな。

僕のお金の使いみちっていうか。なんだろう。別に貯金が貯まるまでは東京いるつもりだし。五万も一〇万も変わんないかなって。今しかできないかな。

――そんなおうちのこととか背負わなくてもいいのになって。

えー、うーん、家族思いなんだと思います。僕、長男だし。お母さんのきょうだい七人いるんすよ。お父さんのきょうだい六人で。子どものなかで、僕いちばん上なんですけど。だから、みんな下がいっぱいいるし、みんなが見てるし。……プライドっていうか。「財布欲しい」って言われて、「いくら?」って聞いたら「五万」っていうから、「安っ、じゃあ買ってあげるよ」ってなんかなるんで。わかります? 自分のプライドなんですよ。それが。

——お兄ちゃんだからやってあげるって?

たぶんでも普通に一般的に五万って高いと思うし。僕も別に気にならないからそこまで触れてないし、高いと思うんですけど。プライドっていうか。

——「安っ」って言って、買ってあげるのが。

やっぱホストだし、ナンバーワンだしとか、お金儲けてるでしょ、みたいな。

――嫌にならない？　そうやってさ、ひとりで東京で戦ってるわけじゃない？生活もぜんぶ自分でやってるし、入院したって、家族が助けてくれるわけでもないし、ぜんぶひとりでやってるでしょ。なんか、それでもやってあげたいって思うの？

お母さんにはやってあげたいとは思わないです。なんでかっていったら、電話来たら、「お金送って」の一言しか言わないんで。でも、お父さんから電話来たら、「ごはん、大丈夫？　野菜食べてるか？」とか、そういう心配してくれるんですよ。お父さんは。「お前、ちゃんと貯金しないと」とか、「お前、またパチンコとか行くなよ」とか。「遊ぶなよ」みたいな。「別に、遊んでないから、遊ぶけど（笑）」みたいな。「若くていましか稼げないんだから、いま頑張って貯金しとかないと、終わって、あとからでも遊べるから、いまは貯金しれ」ってお父さんが言ってるんですよ。「身体だけは気をつけて、俺もいま、こんななってるから余計に思うし」とか「野菜は食べないと」とか「酒飲みすぎてアルコール中毒なるなよ」とか。そういう心配してくれるから、お父さんは。そういう心配してくれるから。
沖縄帰ったときも、お父さんの姿見て、四〇キロくらいに痩せたんで。見てて「うわっ」てなったし。タバコ吸うんすよ。でも、仕事もできないからタバコも買えないし。それを毎回毎回、弟から一本とか二本とかもらってる状況なのかなとかいろいろ考えてて、「とりあえず少ないけど五万くらいあげるわー」とか言って。で、お年玉も、お父さんも長男なんですよ。で、弟なんかの子どもも来るし、でもお金ないから絶対きつそうだなって思ったし。だから普通に僕あげたんですけど、お年玉。「お父さんから」って言って、俺も「俺から」ってあげるから、お父さんも「お父さんから」ってあげてって言わせたし。でも、そのとき、お母さんは沖縄帰ったときにも会ったときに、普通に「はい一〇万」、「はいお金」みたいな感じだったので。

——それは嫌だね。

なんかお母さん、お金にめっちゃ執着心が強くて。お母さんのきょうだいも全員。お金お金お金お金ーみたいな。……めっちゃ借金あると思うんですよ。お母さんも。……僕も給料一〇〇万超えないと送らないようにしたんで。毎月の給料が一〇〇万あったら送るよ、それ以上は送らないって。一回送ったらしつこいんですよ。まじで。鬼のように電話なるし。……

——お父さんの、もらいタバコの話、してたけどさ。お父さん、かわいそうな感じがするのはなんで？

前までは、「自分で買えないタバコは吸うな」って思ってたし、お父さんにもそう言われたし、「人からタバコもらうくらいだったら吸うな」、「自分で稼いだお金、自分のお金でタバコに火つけれ」って。ずっと僕、中学校のときからもらいタバコはするなって。それでも、沖縄に帰ったら弟にもらって吸ってたし。いま、なんか仕事できない状態で、仕事したくてもできないし。

——倒れて、仕事やめたんだね。

そうですね。救急車運ばれて、入院なって、意識不明で。僕もずっと実家帰ってなかったんで。……（退院してからは）お父さんの実家にずっといて、お父さんの実家、おばあちゃんしかいないんで、おばあちゃんとひいおばあちゃんと、おばさんかな。おばあちゃんがなくなって、ひいおばあちゃん、うつ病っていうか、そっち系。頭おかしい。独りごと言うし、べらべら言うし。

……お父さんはお父さんで、その病気なったときに、おばさんが、次、頭おかしくなっちゃって。お父さんもおばさんもそんな頭おかしいから。ふたりとも。お父さんもなんか言ったこと忘れるし。もう一八〇度、三六〇度変わったっていうくらいの人生なんで。お父さんは多分。カーッてなったら、物投げるし、カーッてなったらワーッて言うし、ワーッてなったらワーッてやる人なんですよ。でも、やるときはやるんで……やりますけど。でも、いまそれがそうじゃなくなって。いま、多分五〇キロくらいしかない。

――大きいひとだったんだね。

*

……タバコ、吸っていいですか？

——いいよー。

身体は大事にだから、控えめにねー（笑）。

——こんなタバコがあるんだ（笑）。かわいい。

アイコスです。沖縄入ってないですもんね。東京はみんなコレですよ。

——ふーん。……入院している間は吸わなかった？

いや、吸いました。アイコス。

――あははは（笑）。だめじゃん（笑）。

さすがに、タバコはやめれないです（笑）。中学校から。タバコだけはマジ、やめられないです（笑）。

――ひとりでいたらさ、寂しくない？

ひとりじゃないです。ジョウ、いるんで。

――いるけどさ。寂しくはない？

えーでも、ほとんど仲いい、従業員でも、友だちの友だち以上くらい仲良くなってるしー、みんななんか年齢も一緒なんで。イケメンじゃないと僕、仲良くしないんで。……

——鍋とかは、寮の子たち？

（携帯電話の写真をみせながら）この子としてました。

——え、なにお人形？　女の子みたいだね。

この子でーす。こいつ。

——あらま。

こいつがいちばん仲いいです。

——二人揃ったらお人形だね。………今日、（スタジオ）八時？

七時二五分、早め。

――見に行くのはダメなんだよね？

たぶん、入れないと思います。ガチのスタジオなんで。

――店の周りをウロチョロしたいな。ちょっとだけ案内できる？

いいっすよ。

＊

ＩＣレコーダをとめて、会計を済ませてコートを着込み、スタジオの前まで一緒に歩く。

「どこに泊まっているの？」と聞かれたので、東京で定宿にしているホテルの名前を言う。和樹は、「Aホテルにすればよかったのに！　一回泊まったことがあるんだけどベッドが大きくて、最上階にはお風呂もあるんだよ」と屈託なく話す。

ヘイトに加担するそのホテルに泊まることはないなと内心毒づきながら、父親の暴力から逃げていた子どものころの和樹はどこで眠っていたかと考える。父親の暴力から逃げたあと、ひとりで外で眠った日もあるのだろう。

吐く息が白い。タバコの煙みたいだ。二月の街なのに、和樹はコートを着ていない。和樹の生活するエリアは、たぶんほんとうに狭くて小さい。

たどり着いたスタジオの入り口は思ったよりも小さくて、地下にあると和樹は言う。今日はありがとうとお礼を言って、スタジオの皆さんにとお土産のお菓子を渡すと、「みんなで食べます」と言って、ひらひらと手を振って和樹は地下に降りていく。

寺山修司の「マッチ擦るつかのま海に霧ふかし」の句をぼんやり思う。続く言葉は、「身捨つるほどの祖国はありや」だ。高校生のころ、近代文学を教えていた教師は、この句は間違えやすい句だと私たちに注意した。

「ありやは、疑問ではなくて、反語です。だからこれは、我が身を捨てるほどの祖国はあるのか、ではなく、我が身を捨てるほどの祖国なんかない、という意味です」

マッチのあかりでようやく海を知る霧は、どれだけ先が見えない濃さなのだろう。深い霧に身体をとかし、あてどなく揺れる。繫ぎとめるような祖国などない。

和樹は使えるものをすべて使って、ひとりで生きる男の子だった。子どものころは父親に殴られて、いまは父親にお金をおくっている。

春菜と別れたあと、和樹はひとりで東京にやってきた。二月の街でも、和樹はコートを羽織らない。和樹は綺麗な顔だちをした、女の子みたいな男の子だった。

波の音やら海の音

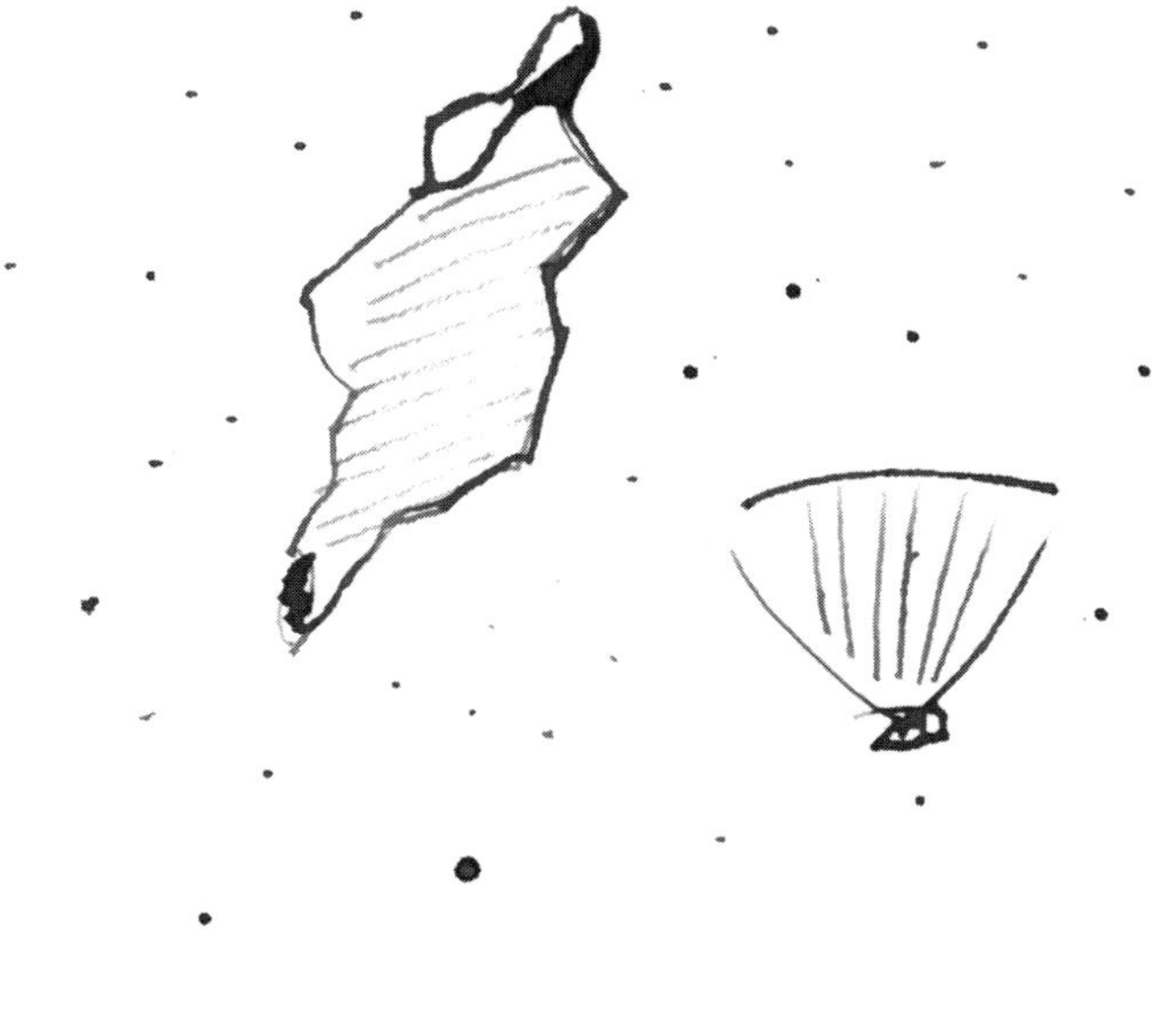

最初のインタビューは自宅のアパートでだった。

一七歳になったばかりの母親は、赤ちゃんがいるから外に出ることができないと私に話し、彼女と彼女の母親ときょうだいが一緒に暮らすアパートに出かけたのは、まだ春のはじめのころだ。

赤ちゃんには強い癖があって、だれにも抱っこすることはできないと思うと事前に聞いた。それなら助産師にシッターをしてもらいましょうと提案すると、電話の向こうでその子はしばらく絶句した。

インタビューの当日、同行してもらったシッターが慣れた手つきで赤ちゃんを抱き上げると、赤ちゃんはふんわり穏やかな顔になる。それをみていた年若い母親もまた、その日初めての笑顔をみせる。

出してもらったコーヒーは、ココナッツの香りがするハワイのコーヒーで、たっぷりのお砂糖とミルクも添えられている。３ＤＫのアパートはきちんと片付いていて、ベランダには洗いたての服がぎっしり並ぶ。

きちんと整頓され、そこにはしっかりとした日常の気配があるのに、この家でこの子の存在が浮いているようにみえるのはどうしてなのかと不思議に思う。わからないからひとつひとつの気配を確かめる。

部屋に飾られている磨き込まれた額縁には、ほかのきょうだいの記念写真がおさめられている。ああそうか。この家のなかには、この子の写真やこの子が産んだ赤ちゃんの写真が一枚もない。

たったいま思いついたような声色で、額縁の写真のことを尋ねてみる。

――妹さん?

うん。

――お姉さん？

うん。

――この一〇〇日記念写真は姪っ子さん？

うん。

――赤ちゃんの命名札は？

額縁をつくっていなくて、まだ出していない。

――一〇〇日記念の写真は撮った？

ううん。

頬を赤らめた彼女の言葉を聞き流すようにして、静かにインタビューを開始する。質問項目はぜんぶ頭にはいっている。でも、今日のインタビューでたどりつかないといけないのは、この家のなかに一枚も写真が飾られていない彼女の日常がいつからはじまり、なぜそうなったかを知ることだろうと覚悟を決める。

そうやって聞き取ったほとんどは、しばらくのあいだは書くことができないことだ。語られることのなかった記憶、動くことのない時間、言葉以前のうめき声や沈黙のなかで産まれた言葉は、受けとめる側にも時間がいる。

逡巡と沈黙の時間をふたりでたどり、それから話はぽつんと終わる。そして最後は静かになる。

＊

治療を受けている子どもがいるから、インタビューは自宅でうけたい。そう言われて、心電図をとる機械と人工呼吸器をつけて眠る、長い髪をした小さな女の子のそばで、その子の母親の話を聞いたことがある。

美しい横顔をした母親は、途切れ途切れに語りだす。

小学生のころ、学校帰りに寄り道していた近くの公園のこと、意外だといわれるほど腕白だった小さいころのこと、夫と初めて会った日のこと、ひとりめの子どもが女の子だったこと、妊娠したふたりめの子どもが男の子だとわかった日のこと、ふたりめの子どもを出産して家に帰ったら、娘にひどく泣かれて娘と一緒に声をあげて泣いたこと。

生まれたばかりの子どもを夫に預けて娘のことをずっと抱いていたら、「そしたら前みたいにママと言った」。色あせたバービー人形のような顔をして、彼女は小さくふふふと笑う。

眠るあの子は、以前は「ママ」と言うことができて、泣くこともできる子だった。「病気？　事故？」と少しだけ踏み込んで尋ねてみる。「事故。溺水《できすい》。家のお風呂で溺《おぼ》れて」と、彼女はその日のことを話しだす。「誰がみつけた？」という問いかけに、「自分」と応えたあとで泣きだしてしまった彼女にかける言葉はたぶんこの世のどこにも本当にない。

泣きやむまで待ってから、「なにか私に聞きたいことはない？」と尋ねてみるけど、「聞きたいことばかりだけど、いざとなるとなにも出てこない」と彼女は言葉を繋げない。

彼女がだれかに聞きたいのは、眠るあの子がもう一度ママといって、目覚める日がくるかだろう。なにもいってあげることができないから、願かけのような願いごとのような、眠る子どもの長い髪を撫でてから、「またね」といって家を出る。

*

ママとあちらこちらに移動しながら大きくなったと話す、一七歳の母親のインタビューも静かだった。

ママがつきあっていた男性が◯◯にいたから◯◯に行った。ママが殴られたからシェルターに入った。中学生のときにできた彼氏が一緒に住みたがったから、寮のあるピンサロで仕事をしていた。妊娠したけど仕事しろって彼氏にいわれて、出勤前に立ち寄ったローソンで貧血で倒れて救急車に乗せられた。救急車のなかで妊娠してますかと尋ねられて、妊娠していると答えたら救急隊員がママに連絡した。病院にやってきたママがあんなオトコの子どもを産ませるわけにいかないっていって、病院から退院した帰り道、目に入った看板の病院を訪ねてまわり、手術してくれるっていった病院で、その日のうちに子どもを堕ろした。しばらくして彼氏ができて、すぐに妊娠してこの子が生まれて結婚したけど、旦那は仕事が終わると友だちと遊びに行く。旦那のお母さんとママは仲が悪い。だから自分のせいで仲が悪いんだって思うようにしている。休みの日は、家族で一緒にドライブしたり買い物に行ったりしたいけど、旦那が連れて行ってくれないからこの子と毎日ふたりで家にいる。妊娠中は自傷していたけれど、いい方法がみつかったからいまはもう切っていない。

黙りがちな彼女に、いい方法ってなぁにと尋ねてみると、「ゲーム」と彼女は答える。それから腕に刻み込まれた傷を押さえて、「イヤホンで、音楽聞きながら眠るのが好きなわけさ」と言ってその子はぷっつり黙り込む。

それからすぐ、子どもを連れて、彼女はどこかにいなくなった。

未成年のときに風俗業界で働きはじめた女の子たちへのインタビューの帰り道では、ときどき泣いた。三年前にはじめた、一〇代でママになった女の子たちへのインタビューの帰り道では、ときどき吐く。彼女たちがまだ一〇代の若い母親であることに、彼女たちに苦悩が不均等に分配されていることに、私はずっと怒っている。

＊

インタビューが終わると海が見たくなる。ひとりで仕事をしていたときは、ときどき海に立ち寄った。いまはただ、寝息を聞くためだけに娘のそばに横たわる。

今日聞き取った苦悩も、いつかは自分の身体ごと消えていくのだとも思う。それまではどんなことがあっても、日々は続いていくのだろうとも思う。日々が続くのならば、今日聞いたあの苦悩もまた、違った意味を持つ日もあるのだろうとも思う。

波の音やら海の音。娘の寝息は波のゆれる海を思わせる。もう少し待てば、東の空が明るくなって、たぶんもうすぐ朝がくる。

優しいひと

沖縄には、ムーチービーサーと呼ばれる時期がある。旧暦の一二月八日だから、毎年その日はくるくる変わる。それでもムーチービーサーになると必ずわかる。毎年その日になると風が吹いて本当に寒い。

ムーチービーサーには、もち粉と黒糖を混ぜ合わせたお餅を月桃《げっとう》という葉に包んで蒸した、ムーチー(鬼餅)というお菓子をつくる。月桃の葉に包まれたお餅を蒸していると、ミントとショウガを混ぜたような葉の香りが一面にただよって、あたりがまるごと清められたようになる。寒さの底つきの日にムーチーを食べるのは、外にいる人食い鬼と、内に巣食う邪気をやっつけるという意味がある。

二〇一九年のムーチービーサーは一月一三日で、翌日の一月一四日は休日出勤になった友だちの子どもを預かり、娘も一緒にうちで過ごした。ムーチーをつくろうとふたりに提案すると、「私、おばあちゃんとつくったことがあるよ！」と友だちの子どもははしゃぎだし、それだけで「いっしょだね！」と娘は大喜びしている。子どもたちが友だちになる瞬間を見るのはいつも楽しい。

おかっぱ頭のふたりの女の子を台所にあるテーブルの前に座らせて、これからもち粉と黒糖を混ぜて、それをまるめて団子にした一口大の子ども用のムーチーをつくると説明する。正式なムーチーは、月桃の葉まるごと一枚でお餅を包むけれど、その形だと子どもたちは食べにくい。小さな葉っぱのうえにお餅が載っている形だと、子どもたちも食べやすい。試行錯誤を繰り返し、我が家のムーチーはこの形に落ち着いた。

ふたつのボールにもち粉と黒糖と水をいれてから、しっかり混ぜるようにふたりに言いつけて、私は月桃の葉を取りに庭に出る。取ってきた月桃の葉を冷たい真水でよく洗い、タオルでしっかり拭《ふ》いてから、ハサミを使って葉っぱを五センチ程度の正方形に切る。

ハサミを扱いながら、ムーチービーサーになると必ず冷え込むこと、子どもの生まれた家はムーチーをつくって近所にご挨拶に行くこと、ムーチーを食べて鬼をやっつけたという民話があって、ムーチーを食べると強くなるとふたりに話してみるけど、ふたりは手についたもち粉を食べるのに夢中で、私の話を聞く気配もない。ふたりに、「生のままのもち粉を食べたらおなかが痛くなるよ」と言うけど、頭の上で手を開いて「ちょんちょんぱー、ちょんちょんぱー」と歌いながらふざけだし、大笑いをしているすきに生のままのもち粉を食べられてしまう。結局、ほんの少しのもち粉でムーチーをつくり、文句をいいながら三人で食べる。

＊

子どもたちと過ごした休みの翌日、元山仁士郎《もとやまじんしろう》さんのフェイスブックで、ハンガーストライキをはじめるという告知があった。

「県民投票に五市長が参加するというまでハンガーストライキをします」

二〇一八年の春ごろから、元山さんたちは、辺野古《へのこ》の埋め立ての是非を問う県民投票の準備を進めていた。普天間《ふてんま》飛行場と辺野古新基地の滑走路の長さは違うこと、普天間飛行場にある飛行機は辺野古新基地には離着陸ができないから、辺野古は普天間の代替基地にはならないこと、新基地建設予定の海底にはマヨネーズのように柔らかい地盤があって、それを十分に補強する予定はなく、沈下をとめる方法はまだ開発されていないことが明らかになっても、新基地建設はとまらない。

元山さんたちは、街頭署名をしながら一〇万人ちかくの署名を集めた。それから条例が制定されて、新基地の是非を問う県民投票が実施されることがようやく決まった。それでも県民投票が実施される直前になって、宜野湾《ぎのわん》市、うるま市、沖縄市、宮古島市、石垣市の市長が、自分の街に住んでいる住民には投票させないと勝手に決めた。私は自分の住んでいる宜野湾市役所に、「私の声を奪わないでほしい」と手紙を書いたけれど、市役所からはなんの回答も返ってこなかった。

元山さんからのハンガーストライキの告知を読んで、居ても立ってもいられなくなり、私は近所の宜野湾市庁舎にでかけていった。元山さんは、「ハンガーストライキをしています」という看板の隣で、折りたたみの小さな椅子にぽつんとひとりで座っていた。

「おーい、来たよー」と元山さんに声をかけると、「あー、来てくれたんですか」と元山さんはいつものようににこにこ笑っていた。

「なんと、ハンガーストライキになるなんて」と私が言うと、「僕もびっくりしています」と穏やかに元山さんは答える。ああ、元山さんはなんにも変わらないと、私のほうがびっくりする。

私が元山さんと会ったのは、二〇一七年の夏のころだ。沖縄の風俗業界で働く若者の調査の本を出版したあとの夏休み、私に会いたいと連絡をくれる見知らぬひとは多かった。

「〇月〇日に調査や旅行で沖縄にでかけるから時間をつくってほしい」というたぐいの連絡が突然入り、なんとか時間をつくってみると、そのひとのやっている調査への協力を頼まれたり、会ったばかりの私に自分の悩みや自分の生育環境を話して帰っていくひともいた。

沖縄に帰省中の元山さんもまた、東京に帰る前日に私に連絡をくれたひとりだった。SEALDsの活動をしていたころの元山さんのスピーチは印象に残っていたから、このひとの頼みは邪険にできないと思い、今日の午後に三〇分程度の時間をとることができると返事を送った。そしたら元山さんはすぐに研究室にやってきた。

元山さんは、私の書いた本を読んだと話しながら、こういう社会調査の意義はわかったが、それをもっと広げるために今後はどんなことをするつもりかと私に尋ねた。

「え？　調査そのものの継続とか、講演とか、執筆とか」

戸惑いながら私が答えると、元山さんはきっぱり言った。

「講演とか調査とか、執筆することの意義はわかります。でも、もっと広げて、もっと直接社会に訴えるような活動をすることも必要だと思います」

その夏、私の研究室を訪ねてきたひとたちのことが次々と頭に浮かんできて、私は本当に頭にきた。元山さんが沖縄の状況を憂いていることはわかっている。それでも、私にはこれ以上なにかできる時間はどこにもない。

頭にきたまま、「ファンドもらって、難しい調査走らせているので十分じゃないかな？　調査の方の支援と介入がらみで活動することも多くて、そこに年間二〇本近い講演もいれている。今日も調査の方に同行していたんです。私にはこれ以上、なにかにさけるゆとりはない」と言った。それから、「約束した時間までまだあるけど、もういいかな？」と、冷たい声で面会を打ち切った。

私の抗議を静かに聞いていた元山さんは、「本当にごめんなさい。今日も忙しいなかで時間をつくってくれたんですよね。本当にごめんなさい」と立ち上がって、何度も頭を下げると、大きな身体を小さくまるめて帰っていった。

翌々日になって、東京に戻ったという元山さんから謝罪のメールがとどいていた。

本当に申し訳ありませんでしたとしか言いようがありません。……昨夜、改めて先生の著書を拝読いたしました。本当に胸が締め付けられる話ばかりで、そのような方々の調査・ケアをなされているにもかかわらず、ぶしつけな訪問をしてしまったことを心から反省しております。

大きな身体を小さくまるめて謝った元山さんのことを思い出して、今度は私が小さくなる。この前私がはなった言葉は、元山さんに言うべき言葉ではなかった。その夏、私の研究室にやってきた私の時間を奪うことに無自覚なひとへの苛立ちを、私はその夏出会った、私の言葉を聞こうとした一番優しいひとにぶつけただけだ。

それから元山さんたちが「辺野古」県民投票の会を立ち上げたことを報道で知った。あの日、元山さんはこの計画について話そうとしたのかもしれないと考える。あの日、私は元山さんの考えを聞いて、それから一致点を探ればよかったのだ。あの日、私は大人気《おとなげ》ないやりかたで大人ぶった。あの日の私のやり方は、大人気なくて恥ずかしい。

*

元山さんがハンガーストライキをはじめた場所に駆けつけたとき、私のなかにあったのは、市長たちの勝手な決定に、まだ二〇代の若い代表が身体をはらざるをえなくなったことに対する申し訳なさと、話を打ち切った二年前の自分に対するざらりとした苦い思いだ。なんで、若いひとにここまでさせてしまったのだろう。それにしても、これからハンガーストライキをはじめるというのに、なんでここには何もないのだろう。

「何もないねー。こんなところで、風、避けられるの？　夜、どうするの？　夜、外はけっこう寒いよ」と矢継ぎ早に言うと、元山さんは「夜はどうしましょうかね」と困った顔をしている。「地面が寒いんだよね。しんしんと寒さがくるよ。ここでお湯とか飲める？」と聞くと、「はい、ポットを持ってきました」と言ってみせてくれたのは電気で沸かすポットで、野外にはもちろん電気のコンセントはない。

ガクッとしていると、カメラを持った元山さんの友だちの朝日さんがやってきたので、「元山さんと一緒にハンガーストライキをするの？」と尋ねると、「いや、僕はしっかり食べて応援します」と即答するので、なんだか笑う。やむにやまれずハンガーストライキがはじまってしまい、これから準備をしようとしている風情だ。

「まあ、とりあえずカンパするので、必要なものを準備してください」と言ってお金を渡すと、ふたりは「おおお！」と叫んで、それから「いつもすいません」と頭をさげる。いや、すまないのはこっちのほうだと思いながら、「また来るね」と言って家に帰る。

家に帰っても気分が晴れないまま仕事をする。今夜は私も便乗して、せめてごはんを食べないことにしてみようかと考える。いや、やっぱりごはんを食べないのは嫌だと思い、夕方になるといつもよりせっせとごはんをつくる。

夕ごはんの食卓で、元山さんがハンガーストライキをはじめて、今日から外で眠ることになったことを娘に伝える。娘はなぜかわくわくした顔で私の話を聞いていて、それからぽんと手をたたき、「じゃあ、風花がつくったムーチーを持っていってあげたらいいんじゃない？」と言う。娘の考えていることはだいたい分かると思いながらも、「どうして？」と問うてみる。

「元山くん、ムーチーを食べたら、夜になってから鬼がきても、耳切坊主《みみちりぼうじ》がきてもやっつけられるよ？　だからムーチーを持っていってあげたらいいんじゃない？」

あわよくば、自分もこれからムーチーを食べようと思っている娘に、ひとつひとつ説明する。

ムーチーを食べて鬼退治をした話は、たしかにあること。

鬼が子どもを食べるということは聞いたことがあるけれど、元山さんは大人なので鬼は食べないと思うこと。

耳切坊主というおばけが首里《しゅり》城近くの玉うどぅんに住んでいることは聞いたことがあるけれど、耳切坊主はバスに乗れないので宜野湾市役所には来ないと思うこと。

ちなみにハンガーストライキというのは、ごはんを食べないという抗議の形であるので、風花がムーチーを持っていっても、元山さんは食べることができないということ。

私の話を聞きながら、娘はぷりぷり怒っている。

「ごはん食べないと、大きくなれないさ！　元山くんは駄目だね！」

元山さんは十分大きくなっていると説明しようかと思うが、面倒くさいのでやめておく。

眠る時間になってからも、「元山くん、まだ、お外にいる？　元山くんは歯磨きした?」と娘は話す。そして、「お腹がすいて、元山くんはかわいそうだね。お外は大人でも怖いから、今日は鬼がお休みだったらいいのにね」と言いながら眠りにつく。

明け方の二時ごろ、娘のそばで目が醒める。雨が降りはじめ、風が吹いていて、今夜はムーチービーサーの日のように寒い。あのあと誰かが、テントや寝袋を届けたのだろうか? 元山さんと朝日さんは、雨に濡れながらふるえているんじゃないか?

眠れなくなったので、やかんでゆっくりお湯を沸かして水筒に入れて、ホッカイロと毛布を紙袋に入れて、雨で濡れないようにもう一度ビニール袋でぐるりと包む。雨が小降りになってから、暗闇のなか市庁舎に向かう。

夜明け前の庁舎はしんと静まりかえっていて、昼間、元山さんが座っていた場所には小さなテントがふたつ設置されている。どうやら誰かがテントを届け、そのなかで元山さんと朝日さんは眠ることができたらしい。毛布を差し入れたかったけれど起こしてしまうのは可哀想だと思い、家に帰る。明るくなってから、もう一度ここに足を運ぼう。

＊

ハンガーストライキの二日目は、ずっと雨が降っていた。毛布を届けに行ったら発電機が設置されていた。昨日の電気ポットも、ようやく役に立つようになったらしい。署名用紙を整理している元山さんの友だちから、元山さんのツイッターには、食べ物の写真が大量に送られていることを聞いて胸が痛む。

「焼き肉とかビールとか、炊きたてのごはん。ああ、それからビーフシチューもありました」

いま、温かい食べ物の写真をみせられるのはどういう気持ちなんだろう。どれくらい絶望したら、悪意の飛び交うなかで顔を晒《さら》して座り続けることができるのだろう。

毛布を渡して、ため息をつきながらそこを離れる。暖かい部屋のなかで過ごし、温かい食べ物を食べてぬくぬくと眠る私たちの市長が、私たちから投票する権利を奪い、それに抗議して元山さんは食べることを拒否している。冷たい布で首を巻かれて、ゆっくりと喉を絞《し》められているみたいだ。いつまでこんなことが続くのだろう。

三日目もまた雨が降っていた。お昼すぎに市庁舎に行くと、市庁舎には人が増えていた。昨日から体力を温存するために取材時間を一本化していること、元山さんはテントのなかにいることも教えてもらう。六〇代くらいの女性が「ごめんね、ごめんね」と言いながら頭を下げて署名をして帰っていく。みんなひとりでここに来て、なにかできなかったのかという思いを抱いてここを去る。

ハンガーストライキの四日目になると、私の知りあいや友だちも市庁舎にでかけていったと話していた。「せめて鉄分だけでも取らせたくて、鉄瓶でお湯を沸かした白湯を持っていったんだけど、受け取ってくれなかった」と話した友だちは、自分のほうがやつれていた。争いの場所に行くのを好まない私のヨガの先生は、「このあと、元山さんのところに行ってきます。マッサージをしてあげてもいいのだけど、精神力だけで乗り切ろうとしているからこういうときは邪魔できない」と言いながら、「でもね、もう私たちは黙っていてはいけないと思う」と話していた。

夕方、うちに立ち寄った私の母も、「市役所にも電話をしたし、さっき、市役所に行って署名してきた。あそこに行って署名をするのに意味があるのよね」と言いながら、「それにしても食べてほしいよ。可哀想よ、あんなに大きな人がフラフラで」と話していた。娘はそれをじっとみる。


ハンガーストライキの五日目は休日で、娘は朝からムーチーをつくろうと張り切っていた。ふたりでもち粉を練っていると、娘はまた同じ言葉を繰り返す。

「ムーチーを元山くんに持っていってあげよう。ムーチーを食べると鬼がきてもパンチできるよ」

私はもう一度説明する。

「いま、元山くんは、ムーチーを食べることはできないよ。ハンガーストライキは、ごはんを食べないという抗議だからね。いま、元山くんがもらうことができるのはお金だけ」

娘はしばらく考えて、それから私に話し出す。

「風花はお金をたくさんもらったよね？　お年玉袋に入っているよね？　風花のお金を元山くんにあげよう」

毎年、娘がお年玉をもらうと、お年玉袋にひとりひとりの名前と金額を書いて、娘のアルバムに整理してから貯金する。今年はまだアルバムの整理が終わっておらず、お金はすべて娘の引き出しに残してある。

「いい考えだね」と娘に言って新しいお年玉袋を渡すと、娘は綺麗にお金を包んだ。それからごはん代わりにムーチーをたくさん食べて、ふたりで一緒に家を出る。

通いなれた市庁舎には、今日は子ども連れも多い。娘はずっと「元山くんは？　元山くんは？」とあたりをウロウロしていて騒がしい。受付にいた女性に、「娘がうるさくてさー」と愚痴ると、「元山さんはテントにいますよ、声かけたらいいですよ」と言ってくれる。それでも別の女性がやってきて、「いま、身体がとてもきついから、やっぱり会うのは難しいかなぁ」と言うので、「元山くんにお年玉は渡せないけど、お友だちが渡してくれるって言っているから、預かってもらおう」と話す。私たちのやりとりを聞いていた受付の女性は、娘のそばにしゃがみこんで、「お名前はなに？　風花ちゃん？　字はかける？　ここに、ふ、う、かって書いてごらん」と、娘の手を取って一緒に名前を書いてくれる。

受付にコンビニの袋を抱えた男性が現れる。男性は受付にいた女性におにぎりの入ったビニール袋を渡そうとしながら、「こんなことまでさせて、おじさんは、もうつらくてつらくて」と言って泣いている。受付の女性は、「受けとることはできません」と断ろうとしているけれど、思わずみかねて、「みんな、気持ちがすまないっていう思いでいっぱいだから、もらってあげたら？」と言うと、しばらく考えていた女性は、「じゃあ、いただきますね」と言って、その男性からコンビニの袋を受け取る。男性は「本当にごめんね」と言って帰っていく。

そろそろ帰ろうと促すけれど、自分でお年玉袋を渡すと言って娘はテコでも動かない。気持ちが変わるのをそばで待っていると、カメラマンの朝日さんがやってきて、「大丈夫ですよ、声かけたらいいですよ」と娘と私をテントの前まで連れて行ってくれる。

テントの前で「こんにちはー」と声をかけると、元山さんはテントの入り口をひょいっと開けて顔を出し、「あれ、先生ー、あれ、先生の子どもー？」とにこにこしている。ああ、やっぱりやつれていて、目の下にはまっくろなクマもある。食べ物を一切とらず、荒れる天気のなか外で寝泊まりをはじめてもう五日目だ。

毎朝、元山さんが無事に夜を過ごせたか新聞の記事を見ていた娘は、なぜか突然恥ずかしがって「これ、どうじょ」と赤ちゃんのような舌足らずな言葉で元山さんにお年玉を渡す。不思議そうな顔をしている元山さんに、娘がムーチーを持っていきたいとごねたこと、お金しか受け付けていないと話したらお年玉を持っていくと言って自分でお金を包んだことを説明する。

「なんでー、自分のことに使ったらいいさー」と、元山さんはにこにこ笑って娘をみる。娘はじっと元山さんの顔をみていたけれど、突然、「マーマー、風花、おなかがすいた！」と大声で騒ぎ出す。飢えているひとのそばにいたら、飢えが娘にうつってきたらしい。騒ぎ出した娘にあわて、「じゃあ、ばいばい」と言って、娘と一緒にテントから離れる。

帰り道でなにか買って食べさせようと思っていると、さっきまで娘の相手をしてくれていた女性がやってきて、「もらったおにぎりがあるけど、風花ちゃん、食べる？」と娘に声をかける。うなずいた娘はついていって、それからおにぎりとペットボトルのお水をもらって帰ってくる。

市庁舎脇の木の下に座って、娘と一緒におにぎりを食べる。

おにぎりはさっぱりした塩むすびで、さっき泣きながら謝っていたあの男性は、元山さんがなにかを食べようと思ったそのときに、できるだけ身体に負担のない食べ物を用意したのだと思い至る。

上空にはオスプレイが飛んでいる。今日はセンター入試の初日で、試験会場になっている琉球大学も沖縄国際大学もここからほんのわずかの距離だ。

試験監督者が咳《せ》き込んだという理由で、再試験になったのはどこの県だったっけ？ 沖縄では、軍機の爆音が響いていても、再試験になったことなど一度もない。

今日はいい天気で日差しも明るい。たぶん、今日はこのまま温度もあがる。それにしても、いつまでこんなことが続くのだろう。


夕刻になってから、医師からドクターストップがかかって、ハンガーストライキの中止を決めたというお知らせが届く。元山さんは続行すると言ったらしいけれど、みんなが説得して、元山さんはハンガーストライキをようやくやめた。

「二〇一九年一月一九日一七時、ハンガーストライキ開始から一〇五時間が経過したところでドクターストップがかかりました。

親、「辺野古」県民投票の会の役員、サポートいただいた周りの方々の意向を受け、ここでやめる決断をしたいと思います」

元山さんが何も食べずに、外で座り続けていた五日間、五つの街の市長たちは最後まで、自分の街の住民に投票させると言わなかった。

でも、元山さんはもうひとつの布石をうっていた。ドクターストップがかかったというお知らせには、別の言葉も書かれている。

「市長の態度が変わらない中、県議会の皆様の動きに賭けたいと思います」

その発表から数日たって、県政与党からは、辺野古新基地建設に「賛成」と「反対」に加えて、「どちらともいえない」を加えた三択案が提示された。「どちらともいえない」は、事実上の白紙投票だ。自民党が難色を示しているなかで、公明党沖縄県本部の金城勉《きんじようつとむ》県議が説得にまわり、最終的には県議会で全会派の賛成を得て三択案が了承された。ハンガーストライキのあと、元山さんの病室を金城県議は訪ねてきて、最後まで説得にまわると話して帰ったことも聞いている。その後、自分の住む街の住民には投票をさせないことを勝手に決めた五つの街の市長たちは、なだれをうつように県民投票へ参加すると発表した。

翌週の辺野古の集会には、家族みんなで参加した。全員で投票したいという願いは叶ったけれど、その願いを叶えるためには、誰かがここまで身体をはらなくてはならない。政治を握られて、メディアを握られて、これからも正念場は続くのだろう。それでもその日は、みんな晴れ晴れと明るかった。

「もっと広げて、もっと直接社会に訴えるような活動をすることも必要だと思います」

私はあの夏、元山さんにそう言われた。それはたぶん、元山さんだけの言葉ではないのだろう。元山さんにバトンを渡しただれかがいて、バトンを受け取ったひとはなにかをやって、それからほかのだれかにバトンを渡してリレーは続く。

私たちの島には鬼がいて、夜になるとそこらじゅうを歩き回ると娘は言う。ムーチーを食べると強くなって、鬼をやっつけることができると娘は言う。毎日ごはんをたくさん食べて、大きくなると娘は言う。

私もいつか、元山さんの言葉に追いつくことができるのだろうか。これまでだれかがそうしてきたように、拳をあげるだけではなく、吹きさらしのどこか、座るひとが求められる場所、元山さんがあの日ああしてひとりで座ったように、私もまた、ひとりでどこかに座ることができるのだろうか。

三月の子ども

三月になってから、娘は毎日新しい歌をうたっている。卒園式間近の保育園では、卒園式にうたう歌を教えるらしく、この時期の娘の歌はいつもとびきり新しい。

月曜日は同じ保育園のひとつ年上の子どもを私が迎えに行って、夕食を一緒に食べてお風呂に入れてからその子を家に帰す日で、私はふたりの女の子を車に乗せて家に帰る。水曜日と木曜日のお迎えはその子の母親がひきうけてくれるから、私か夫のどちらかは、その日はゆっくり仕事をしてから家に帰る。

最初のころは、「ママは風花だけをみて！」といって私を独占しようとしていた娘だったのに、いつのころからかひとつ年上の女の子のことを、お姉さんという意味の「ねーねー」と呼ぶようになった。娘の大嫌いなほうれん草のおひたしや野菜炒めが食卓にならんでいると、「ねーねーが食べさせようね」と娘のねーねーは話しかけて、娘の口元まで野菜を運んで食べさせる。車のなかやお風呂場で、どの歌をうたうかを決めるのはねーねーで、ねーねーは娘に言葉の意味を教えてくれる。

車のなかで、今日も娘のねーねーはうたいかける。

「ちいさい子、ちいさい子、おまえはなにをしています？」

娘はうたう。

「私は梅を嗅《か》いでます」

ねーねーはまたうたいかける。

「梅を嗅いで、それから？」

娘はうたう。

「それから、歌をうたいます」

卒園式でうたわれるこの歌は、ひとと鶯《うぐいす》のやりとりになっている。ひとが鶯に問いかける箇所は大人がうたい、鶯がひとに答える箇所は子どもがうたう。鶯が歌をさえずるのは、その止まり木を守るひとがいるからだ。それでもそれを守るひとの存在に、鶯が気づくことはないだろう。この歌はちょうど大人と子どもの関係みたいだと私は思う。

それにしてもふたりとも大きくなった。この子は自分の母親の出張中、うちにお泊りすることを自分で決めて、パジャマを用意してやってきた。ごはんを食べて、お風呂に入って、歯磨きをして絵本を読んであげるまで、その子はいつものようにかいがいしくお姉さん役をやっていたのに、電気を消した途端、「ママに会いたい」といってしくしく泣いた。いつもはねーねーに甘えるだけの娘が神妙な顔つきで頭をなでて、私がふたりの背中をトントン叩くと、ふたりはすとんと眠りに落ちた。

しばらくたってから寝室をのぞくと、娘は大の字になって眠っていて、その子は自分の身体を抱きしめるように眠っていた。固く結ばれた小さな手をほどいて布団をかけなおし、朝になってから、「昨日はよく頑張ったね、出張が終わったらママはすぐに迎えにくるよ」と言って、私はその子を抱きしめた。

その子の母親の出張が終わったあとの週末は、その子と娘は一緒に遊び、その子の服を着てダンスを覚えて、暗くなってから帰ってきた。

このところ、子どもを預かったり預かってもらったりするおうちが増えてきた。

二〇一八年の夏、娘の通う保育園が認可外園から認可園に変わることになった。その保育園のある自治体は、町外の子どもを強制退園させることに決め、保育園は大騒ぎになった。私たちは何度も自治体と話し合い、街頭署名をおこなって、希望するすべての在園児を強制退園させないでほしいという裁判を起こして、在園児すべての入園を引き出した。

裁判で原告になった十家族は、お互いの生活が見えるようになって、困ったことがあったら話すようになった。だから、どうしても抜けられない仕事が入ったときや、どこかに遊びに行く週末は、お互いの子どもを連れて行こうと声をかける。そうやって子どもたちを預かるようになってから、子どもの名前がかかれた歯ブラシが、うちの洗面所にはいくつも並ぶ。

子どもの行き来が増えると、子どもどうしの喧嘩も増えた。喧嘩がなかなか終わらないときは、私も仲裁に出て行ったりする。前は喧嘩をしている子どもひとりひとりの言い分を聞いていたけれど、あるとき、「電話をしてお迎えに来てもらうか、一緒に遊ぶか考えなさい。一緒に遊びたいなら、どうやって仲直りするか考えなさい」と言うと、子どもどうしで話し合い、「仲直りした」とやってくる。

あっという間に解決するので、「どうやって仲直りしたの?」と聞いてみると、「順番順番にした」「一番やりたいひとにさせてあげた」「ごめんねっていった」「いいよって許した」「もう一回ごめんねっていった」「うん、いいよっていった」など口々に話し、自分たちなりの解決方法を教えてくれる。

それでも最近はそういう喧嘩もなくなった。三月の子どもは穏やかな顔で、友だちのわがままをゆったり許す。あと二週間たつと、娘の友だちのひとりは遠くの島に越していく。四月になると、娘のねーねーは一年生になってしまう。どんなによいときもとまらない。だから三月、子どもは歌をうたうのだ。

＊

三月のおわりになると、ゼミの卒業生たちが私の家を訪ねてくる。卒業生のほとんどは学校の先生になっていて、用事のほとんどは担任をしているクラスに関する相談だ。ゴールデンウィークの訪問は新しい学級で奮闘している話が多く、夏休みの訪問は、とにかく一学期を乗り切ったけれど、二学期はどうしたらいいかという相談が多い。三月のおわりの訪問は、子どもたちと重ねた時間を教えてくれるから、私はうっとりその話を聞いている。

それでも今年の三月は少し違う。「春休みには会いたいです」といって連絡をくれていたゼミの卒業生のひとりは、三月がはじまるとすぐにうちにやってきた。

彼女と子どもたちのつながりは、とても細やかだ。席に座っていられない子どもがいたら、彼女はその子の手をつないで授業をし、家でトラブルがあって悲しい気持ちのまま学校に来た子がいたら、彼女はその子の話をじっくり聞いてから授業をする。

私はまだ高校生のころの彼女に会っている。「さっき、自分の考えは○○だって話していたけれど、こういう側面もない？」と私が問いかけると、「あ、たしかに。でも、それは考えたことがなかった」といって、高校生の彼女は目をまるくして静かになった。

教師になって、彼女はますます静かになった。声を聴き取るこのひとは、子どもや親のかたわらで、いっそう聴き取るひとになったということなのだろう。

家にやってきた彼女は、涙をぽろぽろ流しながら話している。

「突然、学校の休校が発表されて、教室に戻って子どもたちに報告したら、子どもたちもみんな泣いていて、私も泣いて。三月になったらこれまでのことを話して、これからのことを話して、そうやって送り出すつもりだったんです。一年間、みんなといろいろなことを学んで、授業もすごく楽しかった。こんなこともあったね、あんなこともあったね、だからこれからもっと楽しみだねって、私は話してあげたかったんです」

「離任することも、自分の口でいいたかったんです。それを、最後の日に知らせることになったら、子どもや親はみんな、裏切られたような思いにならないかなって。先生はどうして話してくれなかったんだって思わないかなあ、とか」

「どんなに子どもとの時間をつくりあげても、よくわからない上のひとが、私と子どもの時間にわりこんでくる。席を立っている子がいるって指導が入ることがあったけれど、その子は立ちながら私や友だちの話を聞いている。それを知っているから、みんなにこにこ笑うんです。そこへ何も知らない人が入ってくる。今回の休校措置もそうなんです。私と子どもがつくりあげているものに、こうやってだれかが、私たちになにひとつ相談なく入り込んでくる」

「私ができるのは、子どもの話を聞いて、親の話を聞いて、話を聞いて話を聞いて。話を聞いたら共感しかない。そうやって話を聞くことはつらいことではない。私がつらいのは子どもや親の痛みと、それを知らないだれかが勝手に割り込んでくることなんです。私がいま学校で感じているのは、無力感なんです。結局、私は子どもたちを守ることができていない」

泣いている彼女にかける言葉はひとつもなく、私たちがいま奪われているのはなんだろうと考える。子どもの日々を知らず、家族の生活を知らず、教師の仕事を知らない誰かの決定によって、ひととひととが重ねる時間が奪われる。四月からの一年間、関係を編み続けた子どもと教師がお互いのことを慈しみあう、そういう三月が奪われる。いままでの苦労のすべてが果報に変わるこの時期に、子どものいない学校に教師は通う。

＊

学校が突然休校にされた新型コロナウイルスの騒動のなかでも、娘は保育園で変わらない日々を送っているし、私たちは子どもの預かりを続けている。

この前の土曜日、予定どおり保育園の卒園式は行われた。玄関や園庭には、子どもたちが植えたチューリップの花が並んで咲いて、卒園式を迎える年長さんだけ正装で、子どもたちは朝からわくわく落ち着かない。

娘の担任の先生は、輪になって座るように娘のクラスの子どもたちを促して、綺麗な円ができてからも、すべての子どもがやってくるまで静かに待つ。遅れてきた子どもがやってくると、子どもたちは少し後ろにお尻をずらし、そこに誰かが入れるようにほんの少し円を大きくする。子どものつくる丸い円は、生きているみたいだと私は思う。

すべての子どもが加わった丸い円ができてから、担任の先生は、「これから年長さんたちのとても大切な卒園式がはじまります」と話しだす。それから、「卒園式がはじまってからトイレに行きたい、お水を飲みたいと騒がないように、自分で、いま、何をしないといけないか考えて行動してください。四月になると、今度はみなさんが年長さんになります」と子どもたちに告げる。

子どもたちはすっくりと立ちあがり、やらないといけないことをやり終えると自分の椅子に腰かけて、式がはじまるのをじっと待つ。

みんな本当に大きくなった。

卒園式は時間どおりはじまった。在園している子どもと先生と保護者たちの歌がはじまり、廊下に待機していた年長さんが入場してきて椅子に座ると、「卒園証書を渡す」時間になる。

この時間になると、私は毎年泣いている。仲の良い保護者たちは、「今から泣いているの？　風花のときには涙腺崩壊だね」と、笑いながら声をかけてくる。それでもやっぱりそれは違っていて、たぶんどの子をみても私は泣く。

担任の先生に名前を呼ばれると、名前を呼ばれた子は椅子から立ち上がり、ひとりでゆっくりホールを歩く。園長先生が両手で高く掲げている、赤いリボンが巻かれた卒園証書をめがけて、ホールの真ん中をまっすぐ進む。園長先生の前までやってくると、証書を片手でさっと取り、手にした証書を高く掲げたままもう一度ひとりで保護者たちの前を歩いていく。

子どもは誰かになにかを「授けられる」存在ではなく、自分でなにかを「取りにいく」存在なのだと私は思う。今年も去年もその前の年も、大人たちみんなでそれを見守って、羽ばたくときを待つのだと思いながら、子どもたちを眺めていた。

そしてまた、同じことを考える。ひととひととが紡ぐ営みを知らないひとによって奪われ続けている私たちの時間と、子どものいない学校に通う若い教師のことを考える。

三月の子どもは歌をうたう。大きくなることを夢見て歌をうたう。大人はみんなでそれを守る。守られていることに気づかれないように、そっとそおっとそばにいて。

私の花

三歳のころ、娘ははじめて迷子になった。

お正月の一月一日の朝、おみこしのように娘を担いで「ワッショイ、ワッショイ」と家じゅうを練り歩いていた夫は、急に叫び声をあげたかと思うと動けなくなり、「ごめん、たぶん、これはぎっくり腰」と言いながらそろりそろりと寝室のベッドまでたどり着くと、それきりもう起きあがることができなくなった。

横になった夫のそばに娘は座り、「とーちゃん起きて」と手をひっぱって、起きあがることができないとわかると、今度は声をあげて泣きだした。ベッドの周りをうろうろしながら、「風花がこんな調子だと治るものも治らないから、とにかく風花を連れてどこかに行ってくる」と言って、その年のお正月はスタートした。

一月一日は海の見える丘まで散歩に行き、その帰り道でイチゴを買って、夫の実家のお食事会には娘と行った。

「今朝、風花を担いでおみこししてたらぎっくり腰になった」と言うと、高校時代の憧れの先輩でいまは家族になった義理の妹は、「兄《おん》ちゃんがごめんね」と小さくなって謝った。

一月二日は近くの公園にヤギとカモを見に行き、夜は実家で開かれる新年会に娘と行った。


一月三日は動物園に行くために、朝早くから準備しておにぎりをつくり、池の鯉《こい》のごはんにしようと途中のコンビニで一五〇円くらいの食パンを買った。

動物園の大きな池で鯉にパンをあげていると、娘は突然「鯉にはあげない」と言って逃げ出して、鯉にあげるはずの食パンをひとりでむしゃむしゃ食べはじめた。私は娘を追いかけて、たくさん走ってたくさん笑った。

動物園で散々遊び、おうちに帰る前にトイレに行こうと娘を誘い、娘のトイレを済ませてから「かーちゃんもトイレに入りたいんだけど」と言うと、娘は「お外で待っている」と言う。「じゃあ、かーちゃんが出てくるまで、こっちのドアを触って待っていてね、約束ね」と言って、隣のドアのノブを触っているように娘に言いつけてからトイレに入った。

トイレを済ませてドアをあけると、そこに娘はいなかった。

髪の毛が逆立つような思いで娘を探す。なにか食べ物のあるところじゃないかと思ってひさしのあるパーラーまで走るけれど娘はおらず、動物園に入場したときに「ぬいぐるみを見る」と言っていたから、入り口付近の売店かと走るけれど娘はおらず、「もっと乗る」と騒いでいたからメリーゴーラウンドを見ているかと乗り物のエリアまで走るけれど娘はおらず、これはもう場内アナウンスと並行して警察に連絡しようと思って入り口にある受付に走ると、駐車場に通じる階段から知らない女性に手をひかれた娘がやってきた。

「風花！」と声をかけると、娘は「あー、かーちゃん」と言って嬉しそうに手を振る。娘と手をつないでいた女性は、「駐車場でウロウロしていたので、受付に連れて行こうと声をかけたんです」と話す。

娘はトイレを出たあと、ひとりで長い距離を歩き続け、入り口を抜けて駐車場にある私の車を探していたらしい。

お礼を言ってから、娘の手をとってそばにしゃがみこみ、「風花、かーちゃんの顔をみて。かーちゃん泣いているでしょう？　ひとりで行ったらだめ」と言うと、娘はびっくりした顔をして、「おうちに帰るでしょ。車に行こうとしたの」と言う。私はしゃがんだまま娘と話す。

「でも、ひとりで行ったらだめ。1、車を運転している人は、小さな子どもはみえない。2、小さな子どもを連れて行く不審者がいる。3、不審者は、おうちにお菓子があるからおいでって言って子どもを誘拐する。だから、ひとりで行ったらだめ」

娘が頭をかしげながら真剣な顔をして、「誘拐のこと、教えて」と言う。

「誘拐っていうのは、知らないひとのおうちに連れて行かれて、かーちゃんやとーちゃんに会えなくなること」と言うと、「違う。誘拐のこと。お菓子がどうした？」と娘は怒る。なんで怒るのだろうと思いつつ、「子どもを誘拐するひとは、お菓子があるからおいでって言うんだよ」と言うと、「違う。お菓子はなぁに」と娘はまだ怒っている。

子どもと話すときには、具体性とディテールが大事だったと思いいたり、「お菓子、お菓子は、えーっと、お菓子はたぶん、クッキーとかチョコレート。えーっと、あと、おせんべいあげるから、おじちゃんのおうちにおいでと言うんだよ」と言うと、娘は急にきりっとした顔をして、「風花は決めた。かーちゃん、風花は誘拐される」と言うので、ずっこけた。

これはもう繰り返し話さなくてはならない話題なのだと思い直し、帰りの車で誘拐は怖いのだと私は話す。それでも娘は、「おせんべいがもらえるから、風花は誘拐される」と言うので、ぐったりする。

家に帰ってから、今日、動物園で迷子になって、トイレから駐車場までかなりの距離をひとりで歩いていたと、寝室で横たわる夫に話す。

「どうも連れて行かれることが怖いというのがピンとこないみたい。風花のことだから、おせんべいに抵抗できないで、ついていきそうなんだよね。今日、とっさに、「誘拐」とか、「不審者」とか言っちゃったから、ちょっと早いけど、性教育もはじめよう」

「それよりおせんべいを食べさせたら」と夫は笑う。私が「やっぱり危険なことは、きちんと教えないといけないと思う」と話すと、「まあ、じゃあ、今年は四歳になるし、ゆっくりはじめてみようか」ということになった。

翌日、夫はようやく動けるようになった。本当にひどい三が日だった。

＊

それから性教育をはじめてみた。お風呂に入ると身体を拭きながら、おまたやおちんちんはきれいな手で触らないといけないこと、大事な場所なのでだれにも見せたらいけないこと、風花の身体を見たり触ったりするひとは悪いひとで、それを不審者っていうから、嫌なことがあったら、すぐにお母さんかお父さんか誰か大人に話してほしいと繰り返し説明した。

娘は、「子どもを連れて行く不審者がいる」「子どものおまたやおちんちんを見ようとする不審者がいる」「嫌なことがあったら言う」と話すようになり、娘の誘拐ブームはようやく終わった。

それから娘は四歳になった。秋になったころに保育園ではその年二回目の集団健診があって、検査のためのおしっこを持っていかないといけない。

眠る前に、「明日、お医者さんにあげるから、おしっこを持ってきてねって先生が言っていたよ。朝になったらおしっことって、保育園に持っていこうね」と娘に言うと、娘はおびえた顔をして、「保育園休む」と言った。

「ん？　おしっこをとるのは痛くないよ」と言うけれど、娘は「お医者さんにおしっこあげるの？　風花はお医者さんが嫌い」と言う。いつものお医者さんじゃないから嫌なのかなぁと、私はたいして気に留めなかった。

朝になってトイレに入る娘のそばで、検尿コップを組み立ててさっとおしっこをとると、娘は大きな声で「おしっことらないで」と怒りだした。

どうも様子がおかしいと思いながら、時間に追われて気にかけず、出発前に、「あ、おしっこ持っていかなくちゃ」と言って、トイレに置いてあるおしっこの袋を取りに行こうとすると、娘は私を追いかけてきてトイレに入り、袋を持って逃げだした。

「ちょっと待て、ちょっと待て」と言いながら娘を追いかけて、袋を取り返すと「いやだ！」と娘は大声で言って、「保育園に行かない！　おしっこ返して」と泣いている。

これは様子がおかしいとようやく気づき、「どうして保育園が嫌なのか教えてくれないかな」と、娘のそばにしゃがんで聞いてみた。すると娘は、「保育園のお医者さんは、子どものちんちんを見るんだよ」と言う。ぎょっとしながら「いつ見たの？」と聞いてみる。

「この前。ちんちんを見たよ。保育園のお医者さんは、不審者？」

とにかく何があったか確認しようと思い、「この前、「大きくなったね」（身体測定）があったよね、そのときのことね。お医者さんは、おちんちんを見たの？」と聞くと、「パンツおろして、見た」と娘は言う。

「それは本当にびっくりしたね。教えてくれてありがとう。じゃあ、今日、かーちゃんが先生に聞いてみてもいい？　それで、風花が怖がっているって先生に話して、それでも風花が怖いな、嫌だなぁと思ったら、今日は保育園休んで、かーちゃんの仕事場に行こう」

娘はほっとした顔をして草履《ぞうり》を履いて、車に乗った。

保育園に着いて娘の担任を探したけれど見つからず、主任の先生に確認すると、「今日は遅番なのでまだですよ」と教えてくれた。「○○先生にお話をしてもいい？」と娘に確認してから、主任の先生と話をする。

「今日ね、朝、大変だったの。おしっこをとったあとで、風花が行きたくないって言って泣き叫んで、様子が変だって話を聞いたら、今日の健診が嫌だって。お医者さんが、おちんちんを見たって話していて、何があったのかなぁと思って」

先生は笑っている。

「お母さん、先週、○○組さんは、お医者さんの健診で、発育がちゃんとしているか確認したんです。ちょうどそのころに、小児科ではおちんちんが標準サイズなのか診察するらしくて、男の子だけパンツの上からあけて見たの。女の子は見ていないと思うんだけど、風花は怖かったんだね」

ああ、そうだったのかと謎がとけてホッとしたので私も饒舌《じょうぜつ》になり、「そういうことですか。うちでは性教育をはじめていて、おちんちんを見るひとは不審者だよって話しているので、風花はびっくりしたんだと思います」と言うと、主任の先生は首をかしげて、「お母さーん、まだ早いですよ、四歳で性教育は。まだ四歳だから、風花は不審者って言葉だけが残ったんじゃないかな。性教育は、早い、早い」と言う。

主任の先生は、「私が話しておきますよ」と言ってくれたけど、今日はやっぱり娘も一緒に担任の先生と話そうと思い、保育園で先生を待つ。

九時に登園した担任の先生に朝のことをひととおり話していると、担任の先生は娘のほっぺたをぎゅーと包みながら娘と話をしてくれた。

「風花、怖くなっちゃったね。風花、ごめんね、先生が教えてあげたらよかったね。

お医者さんは男の子たちのおちんちんは大丈夫かなって調べたんだよ。お母さん、先週の健診のとき、男の子たちだけ列をわけて、お医者さんがパンツをこうやって、ひょいっとあけてみたんです。風花は女の子の列の前のほうだから、ずっと男の子たちのことを見ていたんです。それで怖くなったんだと思います」

担任の先生が、「自分が嫌なことをお母さんに話せて、風花は偉かったね」と娘に言うと、娘は嬉しそうに笑って、先生と手をつないで私のそばから離れていった。

帰りの車で、担任の先生が受けとめてくれたことにほっとする。それでもやっぱり、もやもやする。

子どものパンツを、ひょいとのぞいていいのだろうか。四歳の子どもに性教育をはじめ、不審者を教えるのは早いだろうか。

子どもたちは本当に小さなときから性暴力の被害者になっている。何度も試される侵入行為が、決定的なものになるまでそんなに時間はかからない。

調査で出会い、小さなころにはじまった性暴力について話してくれた女性は、「子どもはみんな同じことをされていると思っていた」と私に話した。そして「子どもから、こんなこと話せないですよ。気づかない大人が問題なんです」と、私に言った。あのとき私は、気づかない大人のほうが問題だと、全面的に彼女に同意した。でも、子どもがそのことを訴えても、はっきりわからないことのほうが多いのだろう。今朝の自分にひやりとする。

それぞれの家族が、単独で子どもを育てていることが問題なのだと私は思う。子どもたちには、それを話す言葉がない。子どもの言葉が、聞き取られる場所がない。

*

主任の先生にはとめられたけれど、あれからもずっと性教育は続けている。

「身体の奥には赤ちゃんの素《もと》になる卵のお部屋があって、風花は小さいけれど風花の赤ちゃんの卵はもう準備されている」と教えたあとは、娘は何かで大笑いするたびに、「ママ！　風花はいま嬉しくて嬉しくて、風花のおなかのなかで赤ちゃんの卵たちも笑っているよ」と話すようになった。

お風呂のあとに身体を丸めて鏡を見ながら、「赤ちゃんが出てくる穴はどこ?」と言うので、「ほとんどの赤ちゃんはここの穴から生まれてくるよ」と教えると、「赤ちゃんって小さいのね。シルバニアくらいなのね」と感心していた。

「違うよ。赤ちゃんが生まれるときにはここが広がってこんなに大きくなるんだよ、だから赤ちゃんの大きさはこれくらい」と赤ちゃんの頭の大きさと身体の長さを教えると、「ぎゃー」と叫んで、「赤ちゃんが生まれるときには、この穴が広がるっていうのがすごい」と感動していた。

この前はしくしく泣きながらそばに来て、「風花は赤ちゃん産むの怖いなぁって。だから、ママに産んでもらいたくなった」と言っていた。「それはかなりむつかしいよ」と言うと、「赤ちゃん産むのって痛いんだよ! 産んだあとも痛いんだよ! ママは風花が痛いのにいいんだね!」と怒るので、「痛いのは、お手伝いしてあげると治るよ。風花が赤ちゃんを産んだら、どこにいてもお手伝いに行ってあげるよ」と言うと、「どこにいても?」と聞いたので、「どこにいても、ママは風花のそばにびゅんといくよ。ママが風花のお手伝いをするから、風花は赤ちゃんのお手伝いをしたらいいよ」と言ったら泣きやんだ。

そのあと、「一七歳のときに、風花は女の子の赤ちゃんを産むことにした。名前は顔を見て決めるから今はわからない。ママ、嬉しい?」と話してきたので、「ママは嬉しいよ。でも、ひとりで赤ちゃんは産めないよ。男のひとの持っている赤ちゃんの素も使うのよ。あと女の子とか男の子とかは、風花が決めることはできないよ」と教えると、気難しい顔をして、「風花はもうちょっと考える」と言っていた。

＊

沖縄でも開催された、性暴力に抗議するフラワーデモには娘も連れて参加している。みんながなぜここに集まっているのか、娘にはまだ話してない。前に立って大事な話を教えてくれるひとがいるから、だから風花も静かにしてねと話している。

フラワーデモの会場の近くで、調査で会っているりのんと彼女の話した聞きとりのデータを確認しながらお茶をした。りのんは、小さなころからずっと兄からの性暴力を受けてきた。

膨大な文字数のデータを見てもらいながら、加害者を兄と明記することに不安を感じるので、だれか違うひとに性暴力を受けたと変更しようか迷っていると私が言うと、りのんはそれをきっぱり拒否した。

「加害者、お兄ちゃんと違うひとってしてしまうと、自分の話な感じがしないから。なんか違う気がする。で、別に、もうこんだけ周りにうわさされて生きてきたから、別に特定されたところで、それは過去の話だからって私的には全然わりきってて。だから、お兄ちゃんって出すぶんには自分としては全然いい。で、たぶん、やっぱり、こんな身内からって知らないひともやっぱりいるから。そこは強く出したいと思う」

社会とのつながりのなかで、自分の体験を紡ぐりのんの強さに私はおののく。言葉が途切れがちな私に、自分のことを書くときには必ず書いてほしいことがあると、りのんは続ける。

「ここ、絶対いれてほしいっていうのがあって。こんな被害、「逃げられたんじゃないか」ってこうやって思うひとが多くて。だから、あれを、どうしても逃げられなかった理由。私のなかでは、お母さんが目の前で暴力をふるわれていたから。それが自分に来てしまうんじゃないかとか、お母さんが余計、もっとひどいことになるんじゃないかとか、ほかのひとに被害が出るんじゃないかっていうのが怖かったから、私はずっと逃げなかった。逃げられなかったんだっていうのは書いてほしい」

気になっていた箇所の確認をいくつも済ませたあとで、「県庁前でフラワーデモをしていて、私も行っているよ」と話してみた。そしたら、「私もいつか行きたいなぁ。ヤフーニュースを見て、沖縄でもあるんだなぁって思っていた」とりのんは言った。会場でこれまでどんな話を聞かせてもらったかを私が話すと、「すごいな」とか、「その裁判は良くないと思う」と彼女も話す。私が、「行きたいと思うときが来たら、一緒に行こうか」と言うと、「前に立って話すことはできないけれど、みんなの話を聞いてみたい」と彼女は言う。

フラワーデモの会場の暗闇で、ひとつひとつの話を聞きながら、私は私の受けた被害のことも考える。この国で女性という形態で生きていくことは厳しくて、口をあけたままぼんやりして、ただただ涙を流して聞いている。

あたりに咲く花を両耳につけて、私の娘はくるくるくるくるそこで回る。時間に追われながら会場に向かう私は花を持たない。あなたが私の花だと娘を見る。

何も響かない

七海《ななみ》が泣いている。夜の病院の灯りの消えた救急の待合室で、今日の夕方に起こった出来事を話していて。

入院して四日目の夜、メッセージのやりとりをしていたら、七海がもう千切れそうになっているのがわかった。

もうどうでもいいです死にたいです

——顔みて話したいからそこに行きたいんだけど。

——病棟は家族以外は入ることができない時間だから、救急のところまで降りてこられる?

とりあえず服だけ着替えて、家を出る。

*

二〇一七年にはじめた若年出産女性調査で、私は七海と知り合った。七海は家出を繰り返しながら大きくなった、一七歳の若い母親だった。

七海は小学生のころからずっと父親から性暴力をうけていた。七海はいまもまだ、灯りを落とした柔らかい布団の上ではうまく眠ることができない。

「こんなに眠れないの、昔のこととか関係あると思う?」と尋ねてみると、「あると思います」と七海は言った。「病院、行ってみる?」と私が言うと、「話すくらいで変わるんですかね? それにひとに話すのできないんですよ、病院でもどうせ話せないと思います」と、七海はきっぱり言い切って押し黙る。仕方がないので私は治療の話を封印する。

病院に行ってみようともう一度話すようになったのは、知り合って二年もたってからだ。七海は母親と暮らしていた家を出て、子どもと一緒に施設で暮らすようになっていた。毎月の生活費がどうしても足りなくなったとき、七海はメンズエステと呼ばれる風俗店の仕事を探すようになっていた。

沖縄のメンズエステ店では、裸になった男性客の身体をオイルでマッサージして、最後に射精をさせるまでがサービスの内容となっている。客ひとり四〇分で二〇〇〇円、時給は一二〇〇円から一五〇〇円程度しかないけれど、時給が八〇〇円程度のサービス業よりも稼ぐことができて、女性は着衣のままで働くことができる。そのため、風俗店のなかではソフトなサービスを提供しているお店であると表向きはされている。

七海は性的行為全般を嫌っていたけれど、中学生のころからお金がなくなると、ピンサロで働いたり「援助交際」を続けてきた。それでも子どもができてからは、「子どもかわいそう」と話し、風俗業界で働く子どものいる女性たちのことを軽蔑していた。それでも子どもを育てていくお金が足りなくなったときに、「もうやるしかない」と言って、メンズエステ店での仕事を探すようになった。

面接のためにお店に行くと、ネット上に写真が掲載されることから、身バレを完全に防ぐのがむずかしいことや、「裏オプ」と呼ばれる過剰な性的接触をしないと稼げないような賃金体系になっていることがわかり、結局、店で働くことはあきらめた。

店で働くことをあきらめた七海は、アプリを使って「フェラのみ」「五〇〇〇円」「観光客」「短時間」の客を探してお金を稼ごうとしていたが、ある日、そうやって探した客にレイプされて、子どもの保育園の前の路上におろされた。

身体が回復したあと、もっと安全に働きたいと七海は話し、風俗レポートをいくつも読みこんで、いくつかのお店の面接を受けた。

七海が働くことを決めたのは、女性に性的な接触をするとただちにボーイがやってくるという、風俗レポートの客からは「不評」の店だった。それはつまり、店が働く女性を守ってくれる店である。

初めて出勤した日、七海からは弾むような声で連絡があった。

「いままで口でやっていたから楽すぎて感動しました！　今日だけで一万五〇〇〇円もらえました！」

七海はその店のレギュラーとして働くようになった。客のほとんどが観光客で身バレの危険性がないこと、「密着」などとよばれる過剰な性的接触がないこと、出勤すれば一万円は持って帰ることができることから、七海はベストな選択ができたと話していた。

それでも仕事をはじめると、昔の記憶が生々しく蘇《よみがえ》りはじめた。なにかのはずみで記憶が蘇ってしまうと、七海は自分でも気が付かないうちに客のいる個室から飛び出してしまう。次第に眠りにつくことがむずかしくなり、家に帰るとなにかをする気力が湧かないと話すようになった。

私はそれまで月に一、二度、七海の部屋の片付けを手伝いに行っていたけれど、風俗の仕事をはじめた七海の部屋は、腐りかけの食べ物があちらこちらに散乱するようになっていた。

部屋に散らばる、透明な袋に入ったまま腐ってしまったコロッケやチキン、パックされたまま傷んでしまったパイナップルやミカンをゴミ袋に捨てる。

お店でなにかを食べようと思って買い求めても、七海はいま、それを食べることができない。食べ物を捨てるガサガサというゴミ袋の音がするなか、七海の欲望が、いまはもうほんのわずかな時間も持続しないのだと思い知り、それでもなにもできずに七海のそばにいる。

そんなときに、記憶自体は詳細に話す必要がないＥＭＤＲのトラウマ治療を、沖縄でも受けられることを知った。これなら七海も興味を持つかもしれないと思い、七海にそれを勧めてみた。

「この方法は、記憶は話さなくていいんだって」と言うと、「だったら、大丈夫かもしれない」と七海は言った。興味があるなら、まずは一度その治療を手がける精神科医のところに行ってみようと提案し、もしも予約がとれたとしても、そのとき嫌になったら無理をせずに帰ることにしようと話し合った。

予約が取れたのは、二週間ほどたってからだ。

その日待ち合わせ場所に現れた七海は、皮膚に炎症ができているので歩きづらいと話していて、ファミレスで注文したお昼ごはんもほとんど食べることができなかった。病院についてからも七海の緊張はまったくほぐれなかった。待合室で二時間近くたったころ、七海は胃けいれんを起こして動けなくなった。看護師に声をかけると、別室にあるベッドを用意してくれたので、車椅子に七海を乗せて移動した。ベッドにうつるとき、ズボンが苦しいと言ったので、ズボンを脱がせてタオルケットで下半身をきつめにくるんでベッドに寝かせた。

落ち着いたからなのか不安からなのか、七海はしきりに話しかけてくる。七海とおしゃべりをしながら、今日、先生に何を話したいのか尋ねる。困っていることを相談したいと七海が言うので、困っていることをひとつひとつ言わせて、私は指を折って七海に見せて、「これだけ話せたら、今日はすごいね」と言う。

スニーカーを履いた医師が現れた。医師はベッドのそばにあったスチール椅子にどっしり腰掛けると、やわらかい声で「遅くなってごめんなさい」と、きちんと頭を下げて謝った。

それから自己紹介を済ませると、「座ってでも横になってでも、楽な方法で話してもらえればいいですよ。付き添いはいたほうがいいのかいないほうがいいのか、七海さんが決めていいですよ」と話しかけた。

「ベッドで眠ったままがいい。上間さんはそばにいたほうがいい」
私は七海の横になったベッドの端に、できるだけ気配を消すようにして静かに座った。それから医師は普段、どんなことに困っているかを聞きはじめた。七海は順を追って困っていることを話しはじめる。

眠れないこと。
連続して眠れるのは三時間くらいであること。
お酒は飲まないこと。
何が不安かわからないけれど、とにかく不安が強いこと。
お金のことが心配なこと。
バカみたいなんだけど、年金のことも心配していること。
貯金が三〇万円くらいあれば落ち着くような気がすること。
メンズエステで仕事をしていること。
仕事は頑張っていること。

でも客が自分に触ると恐怖を感じること。
酔っぱらいが近くにいると震えがでること。
怖い怖い怖いと思うと、ただその場から逃げようとすること。
気がついたら、知らない場所にいたこともあること。
我に返ったら、タバコを続けざまに吸って落ち着こうとすること。
たぶん、それは性暴力の記憶があるからだと思うこと。
性暴力は小学校二年生くらいのときにはじまっていたこと。
父親と母親の離婚する小学校六年生の終わりまで続いていたこと。
相手は父親だったこと。
それはほとんど毎日あったこと。
いったん行為がはじまると、自分にはもう何もできないと思わされていたこと。
父親の怒った顔、怒鳴り声が怖かったこと。
映像はいまだに残っていること。
映像が蘇ると、自分はもう何もできないと思ってしまうこと。

医師は七海のいまと過去を丹念に聞いた。七海はいま困っていることを話し、仕事のことを話し、話せないと思っていたはずの小学生の頃の日々を話し、怖いと思うと自分でも気が付かないうちにどこかに行ってしまうことを話した。

医師は「七海さんはＰＴＳＤです」と告げてから、何が起こってしまうと昔に戻るのかというトリガーを整理した。それから手始めに、睡眠の回復のためにできることと、今後、主治医になった自分と医療ができることを説明した。

七海がひとりで乗り越えてきた過去の重さと、目の前の患者の語りを徹底的に信頼する医師の聞き取りに私は圧倒されていた。私が二年間かけて聞き取ってきたことを、医師と七海はたった二時間で共有した。

次の予約を取って、会計をすませて病院を離れたときには五時間近くたっていた。私は疲れていて、ぼんやり車の運転をしていたけれど、医師に診断を受けた感想を七海は明るい声で話しはじめる。

　ＰＴＳＤですって言われたけれど、だってもうずっとこんな状態だから、いざこれが病気だと言われると、本当かな、あたし、病気かなぁって思います。

——あー、そうか。……不愉快だった？

不愉快ではなくて、なんかびっくりするというか、いざ言われると、病気じゃない、違うんじゃないって言いたくなるというか。

——病気という診断は、嫌だった？

いやぁ、あたし、病気なのかなみたいな。ほんとうかなみたいな。……あ！上間さん、ここ、車線変更してください。左にいないとつまりますよ。

——ごめんごめん、間違えるところだった。………あー!!!　七海、道案内できている！

ほんとだ。

とっさに出た七海ののびやかな声を聞いて、胸が詰まる。七海はひとに道案内をすることができない。どんなにささやかなことでも、自分が誰かになにかを提案すると、怒られたり否定されたりすると思っているから、目の前のひとがなにかを間違えていることに気づいたときでも、七海は静かに黙っている。

一回の通院だけで、これまでずっとできなかった道案内ができるようになったのだから、治療をはじめたらいつか本当に恐怖を感じないで暮らせる日がくるのかもしれない。

病院の帰り道、私たちはふたりとも明るかった。

病院に行った翌日、七海は熱を出した。七海の住んでいる施設にでかけて、眠っている七海のそばでおかゆをつくりながら、お茶碗を洗ったり、洗濯物を片付けたりした。私が家事をしているあいだじゅう、七海はこんこんと眠り続けた。

目が覚めた七海におかゆをすすめて、「梅干しもいれる?」と聞くと、「はい」と七海は言って、「梅干しが美味しい」とおかわりをした。「うちの母が漬けた梅干し」と言うと、「本当ですか?」と、七海は目をまるくする。

七海は手仕事をするひとの話を聞くのが好きだ。たぶん、自分の母親の昔の記憶が蘇るのだろう。母親がよくお菓子をつくってくれたこと、母親のつくるプリンが美味しかったので、いまだにどこのお店のものも美味しいと思えないことを、七海はなにか特別な話のように繰り返し私に語ってきた。

ごはんを食べ終わった七海に、服を着替えるように言って熱をはかる。熱はだいぶ下がっているけどもう一度眠ってねと話して、夕方になってから私は自分の家に帰る。

翌日の夜、七海はまた熱がでた。朝まで我慢して病院に行ったら盲腸だと言われて、緊急手術になった。夕方になって病院に顔を見に行くと、痛みを我慢しているあいだに盲腸が破裂したので手術が長引いたと、担当の看護師から説明を受けた。

「痛みに強すぎます。普通のひとが耐えられるような痛さじゃないですよ」

どんなときもひとに助けを求めようと思っていない子なので、どうか気にかけてもらいたいと看護師にお願いする。看護師は何かあったらすぐに連絡しますねと私に話し、私は頭を下げて家に帰る。

手術をして四日目のお昼、七海は個室から大部屋に移された。「四人もひとがいる大部屋はちょっと気をつかう」と七海は話し、「大部屋になったってことは、もうすぐ退院かもね」と私は返す。毎日、病院に顔を見に行っていたので顔見知りになった担当の看護師が、カーテンの合間からひょいと顔を出して、「今日、タバコ吸いたいっていったんですよ！　絶対駄目だよ、傷がくっつかなくなるよ！」と声をかけてきたので、楽しくなってふたりで笑う。

お昼に病院で一緒に過ごしていたときには、七海は明るい声で話していた。それなのに夜になると、「死にたいです」と言うので、何があったのか私にはわからない。とりあえず顔を見て話さないとわからないと思いながら、急いで支度をして家を出る。

＊

病院に到着するともう九時を過ぎていて、病院全体が薄暗い。七海は救急の入り口脇のベンチで、スマホを操作しながら私のことを待っていた。スマホの光で青白く光る七海の顔をみながらそばに座り、「何があった？」と尋ねてみる。七海はスマホを伏せてから、夕方、施設の川上さんと喧嘩をしたと話し出す。

上間さんが帰ったあと、四時半ごろかな、川上さんが来て、「精神科に行くの、やめたら」って。「なんで？　あたしは行きたい」って言ったんだけど、「通院がストレスみたいだから」って。

「あたしのストレスは病院じゃない！　あたしのストレスはママだし！　お前たちだし！」って言ったんだけど、「病院に上間さんが送迎するっていうの、ママに言えないでしょう？」って言われて。

「自分で行くから大丈夫」って言ったら、「もしも病院に行くんだったら、ママには、自分で、ＰＴＳＤの診断を受けたって、なんで精神科に行くのか説明をして」って言われて……。

「お前が言っているのは、やー（お前）の夫が、娘をレイプしていたってことを、あたしが、自分で、ママに言えってことだからな」って叫んだんだけど！

——叫んだ？

叫んだ。

七海の叫び声は病室じゅうに響いたはずだ。午後四時三〇分という夕食前の時刻は、大部屋の住民たちが部屋にいる時刻でもある。

——ひどいね。

死にたいって、もういいって思ってしまった。

――家族には話さないって決めて、ずっとひとりでやってきたのにね。

それなのに、お前たちがバラすのかって思って。……多分、川上さんは、ママにバラすと思う。

――なんて言ったらいいのかは先生と相談しよう。何もかも、七海がひとりで抱え込むことないよ。

まっすぐ前を向いたまま、七海はぽろぽろ涙を流す。

五年近く性暴力を受けながら、家族を守ろうと思って母親に一言も話さないで生きてきた娘を前にして、なぜ施設の職員たちは母親の意向を尊重するのだろう。自分の夫が自分の娘をレイプしてきたことを知らない母親には、自分の娘が精神科を受診しようとする理由がわからない。

細切れにしか眠れない娘の状態を知っても、ときどき身体が動かなくなる娘の姿を見ても、病気になるのは気持ちが弱いからだと七海のことを母親は責める。母親の意向を受けた施設の職員は、もしも七海が精神科に通いたいなら、父親から性暴力を受けていたことを自分で母親に話せと七海に迫る。そうすることで施設の職員たちは、七海の口から、精神科に通うことはやめると言わせようとしている。

七海のやりたいと思ったことはこうやって潰されていくのだと怒りながら、七海が泣きやむのを静かに待つ。七海が泣きやんでから、「退院が近いと思うけど、ここを退院するときはどうしよう?」と聞いてみる。すると七海は、母親が心配していたと施設の職員が話していたと言う。

川上さんは、「お母さんは七海さんのことを思っているよ」って。「だって、比奈《ひな》(七海の娘)を預かるって言ったの、お母さんだよ。お母さんが自分で、入院しているあいだは預かりますって言ったんだよ」って。「退院のときも、お母さんが退院手続きをしにくるって自分で言ってたから、心配してたよ」って、「お母さんのところにしばらく泊まってきたら?」って言うんです。

……ママのお迎えもあるなら、そのまま家に帰ろうかな?

家に帰れば、七海はまた母親に傷つけられるのではないかと私は思う。でも、七海の人生だから七海が決めたことを尊重することが大事なのだと、これまで何度も戻ってきたところに立ち返り、決めたら教えてねと言って家に帰る。
翌日、母親の家に帰ることにしたという連絡があった。夜になってから、「いまタクシーに乗っている」「比奈と施設に戻った」という連絡が七海から入る。

あいつらが言ったのと全然違いました。ママは、「施設のやつらに使われているよな」っていらついていて。「『比奈を預かれ』っていう電話がきたから、仕方なく比奈をみてた」って言われたんで。……家に帰っても、結局、ママに、八つ当たりされるだけでした。帰るところがないから、タクシーで施設に帰りました。あいつら、もう、余計なことすんなって思う。

「母親が七海のことを思っている」「母親が比奈を預かると言ってくれた」「母親は心配している」という施設の職員の言葉に、今度こそ母親は優しくしてくれると期待して、七海は家に帰っていったのだろう。

でも、家に帰るとふたたび母親から暴言をあびて、七海は子どもを連れてタクシーに乗りひとりで施設に帰った。期待して裏切られて傷ついて、周りに不信感を抱き深く沈む。これまでとまったく同じパターンだ。

結局七海は、ＰＴＳＤの治療をあきらめた。

精神科行くのあきらめます。

なにもかも邪魔されますもんね。

あたしの支援なのかママの支援なのかわからない。

なにもかもママに報告するっていうのも意味がわからない。

疲れました（笑）。

七海は治療を諦めると、すぐに風俗の仕事に戻っていった。

ある日、一〇〇分のマッサージで入ったリピーターの客に四〇分を過ぎた頃にクレームを言われ、七海はようやく探したそのお店を辞めることになった。

「おまえ、なんで上半身からやるば？」って言われて。「え、前もそうでしたよ」って言ったら、「はー、なんで、オイル、もっと使わないば？」って言われて、「もういいよ、店長呼べ！」って言われて、「俺はもう帰る」って帰って。「いまのお客さんのバックは全部なしね」って店長に言われて、「はーい」って。

――それ、ハラワタ煮えくり返らない？

そうですよ。あーでも、もう面倒くさいってなって。でも、店長に、「七海さんはクレームが多い」って言われて、「クレーム多いんだったら、そのときに言ってください。そのときじゃないと、私は直せないです」って言ったら、「もう来なくていい」って言われたから、ブチ切れて。

――ブチ切れたの？

「店長がひとりだけ、ひいきしている女の子いますよね。みんなむかついていますよ、店長に」って言って。「その子だけお金も違う、保証もついている、客に時短してもスルー、出勤もバラバラ。上に立つんだったら、ちゃんとしてくださいね。店長のえこひいき、意味わからんってみんな話しているんですからね」って。

――ライン？

ラインで。

――で？

「やめさせるんだったら仕事紹介してください、こっちも生活かかってんで」って送っているのに、既読スルーしてるんっすよ、こいつ。

七海からの抗議に腹をたてた店長は、七海のシフトを一切入れなくなり、結果的に七海は解雇された。仕方がないので、自分で探したほかのメンズエステ店で七海は働き出した。

新しいお店は地元客が多いので、七海は以前より自分の情報が客にばれてしまう危険にさらされて働いている。客に水着をはぎとられてフラッシュバックが起きることもある。七海の目標は、お金を貯めて施設を出ていくことだけになった。

二カ月フル出勤で金を貯めます。施設長に言われましたよ、この前。「昼間なにしているの、まさか風俗で仕事していないよね」って。「遊んでいました。ストレスがたまって、〇〇中の同級生と」って言いました。「七海さん、子どものことをちゃんと考えて」って言われました。「ごめんなさい」って言っておきました。

施設長が何を言っても、あたしにはもう何も響かない。だってそのあいだ、毎日働き続けていたから。比奈のことを考えていたんだから。……いいんです、病院とか、そういうのも、どうでもいいっていうか。……お金貯めます。ここを出ていくまで、とりあえずそれしかできないんで。

*

年明け、七海は毎日貯金箱にいれていた五〇〇円玉を全部お札にかえた。出勤した日に貯めておいた一万円札と合わせると、貯金の総額は七〇万円になっていた。

七海は自分の住んでいる施設の担当者にも施設長にも、誰にも自分のことを話さない。

夏を迎えたころ、七海は施設を出ていった。七海は誰も信じていない。

空を駆ける

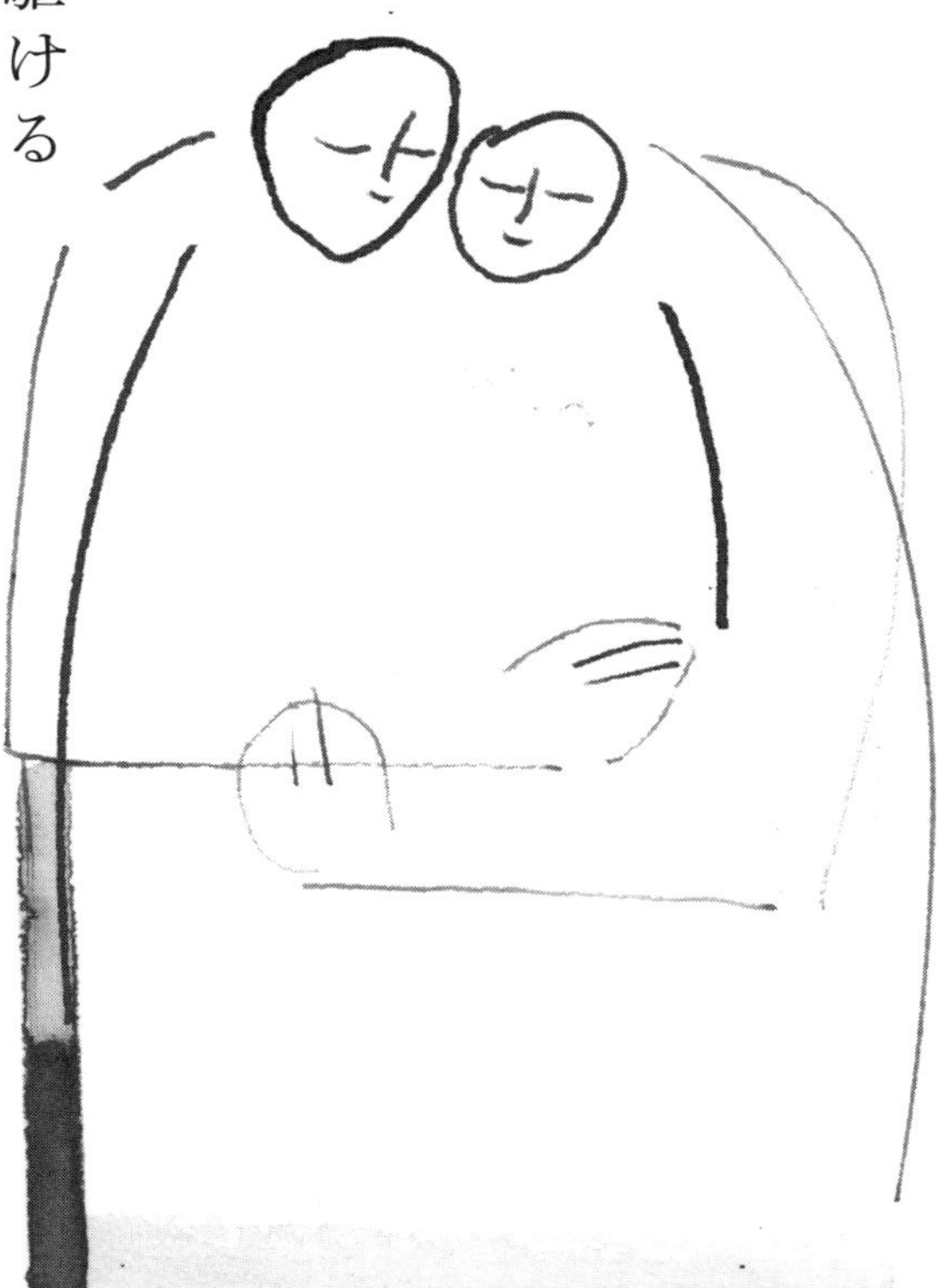

祖母は八四歳のときに、膝《ひざ》に人工骨を入れる手術をした。五〇代後半からひどく痛み出し、毎週のように痛み止めの注射を打ち続けていた祖母の膝は軋《きし》みをあげて、祖母はすり足でしか歩けない。

祖父をおくったあと、生活するには不自由がないと祖母は思っていたようだが、叔母のひとりが、「一緒に旅行をするためにも膝の手術を受けよう」と熱心に祖母を説得し、祖母はしぶしぶ承諾した。

「八〇代になっての全身麻酔って大丈夫なの?」と母に聞くと、「たしかにそうなんだけど、悪くない話のように思える」と母はそう話していた。

「八四歳にもなるとリハビリが大変だと医者は言うけど、おばあちゃんは根気強いから大丈夫だと思う。それに手術を受ける病院はうちの近くだから、毎日みんなで見に行ける。ただ、ちょっと心配なのは、人工骨は二〇年しか持たないっていう話なの。でも、一〇四歳までおばあちゃんが元気かなぁと思ったら、それはないかなぁって思うのよ」

「長生きの家系だからわからないよ」と私は笑い、「確かにそうね」と母も笑う。祖母の母親は九四歳で亡くなった。祖母の叔母は九九歳で亡くなった。祖母の親族の女性たちは、総じてみんな長生きだ。

それからしばらくして、祖母は手術を受けた。手術を勧めた叔母は、朝と夕方、仕事の合間に病院を訪ねて祖母を励まし、祖母もまた熱心にリハビリに励んだ。毎日のように誰かが病院を訪ねて、みんなに祖母の様子を報告する。

「若い男性のトレーナーがつくでしょう。すごいすごいと褒められて、おばあちゃん、嬉しそうにリハビリしているよ。医者もこんなに筋力のあるお年寄りは珍しいって、このぶんだとすぐに歩けるようになるって太鼓判を押しているよ」

たしかにそうだ。私と暮らしていたときも、祖母は毎日朝晩二回の体操を欠かさなかった。台所のシンクをつかまえ、横にしたビール瓶の上に乗り足裏のツボを刺激するという危なっかしいマッサージを済ませると、今度は横になって足の上げ下げをする体操をせっせと一〇〇回繰り返した。

半ば呆れながら、「どんなことがあっても、おばあちゃんは毎日、体操をするね」と私が言うと、「おばあちゃんは根気強いからね。おばあちゃんは昔、足が速くて陸上の選手だったんだよ」と祖父は言い、「お父さんが、大会は出たらいけないと言って出さなかった。足は速かったけれど、たくさん子どもを産んだから、私は骨がなくなった」と祖母は話す。

なくしたのは骨だけではない。そのころ、祖母はすでに総入れ歯だった。

＊

リハビリが終わると、祖母は痛みなく歩けるようになった。「膝が楽になった」と言う祖母を連れて、母や叔母はあちらこちらに旅行にでかけた。

桜の開花のニュースや一面のラベンダー畑のニュースが流れると、「ああ、みてごらん。きれいだったね。お母さんたちとあそこに行ったよ」と楽しそうに祖母は話し、それをみながら、「おばあちゃんは花を摘《つ》もうとして大変だった」「おばあちゃんは三回も温泉にはいった」「おばあちゃんは朝食のバイキングで四回もおかわりをした」と叔母たちは話す。

「おばあちゃん、国立公園で花を摘んだら捕まるよ」「おばあちゃんが食いしん坊でよかったね」「おばあちゃんを連れていくと元がとれるね」「それにしても思い切って膝の手術をしてよかったね」と、孫たちはみんな喜んで話していた。

九〇歳を超えたころ、祖母に認知症の症状が現れるようになった。仕事を退職して時間の融通がききやすい私の母は、週に一度は今帰仁村《なきじんそん》の祖母の家に通い、そこに宿泊して祖母の面倒を看ていた。でも、祖母の家に宿泊して祖母を介護する母の疲労はひどく、母と祖母は次第にもめるようになっていた。

母が祖母の介護にひどい疲労を感じているのは、単に時間がとられているということだけではないように思えた。母が子どものころ祖母が母にしたことは、いまなら虐待といってもいいようなものだ。

何ひとつ意見を聞かれたことがなく、何をしても怒られて、何をしても褒められないなかで育った私の母は、大学生になって実家を離れたあと、祖母と距離をとって暮らしてきた。でも介護がはじまり祖母と過ごす時間が増えた母は、昔、祖母に言われた言葉の数々を思い出すようだった。

私はこまめに実家に帰って、母と一緒にごはんを食べながら話を聞いていたが、あるとき母は私に、祖母のことが好きじゃないと話しはじめた。


「私はお母さんが好きじゃない。子どものときは、もうずっと怒鳴られながら指示されてきた。今帰仁のおうちの、あのひんぷん（玄関の風よけ）のところあるでしょう？　夕方になって、あそこからおばあちゃんが入ってきた瞬間から怒鳴りはじめて、眠るまでずっと怒鳴られながらこき使われた。どれだけやっても、この人は感謝もなにもしないいんだなぁって、本当に嫌だなと思ってきた。今、おばちゃんたちはおばあちゃんに触るでしょう？　でも私は、触りたくない」

私もまた、「そうだよね、おばあちゃんの怒鳴り声って、ほんとひどいよね」と母に言う。そして、「自分の母親嫌いで触ることができないっていうひと、いっぱいいるよ。そういう本とかエッセイなんかもあるよ」と話し、佐野洋子さんの『シズコさん』というエッセイ本を母にあげた。

母はその本をすぐに読み終えて、「あー、私と一緒だなぁって読んだよ。名前まで一緒なのね。シズっていうひとに静かな人はいないのね」と言って、それから祖母のことを私に愚痴る。

「この前、私はお母さんのことが好きじゃないのよって言ったら、なんて言ったと思う？　そんなことないでしょう。みんな私のことを大事にしていて、尊敬しています。子どもも孫も、みんな私のことが大好きですって一点の曇りもなく言うのよ。ほかの子どもや孫がお母さんのことを好きでも、私は嫌いですよって言ったら、まさか、そんなことないでしょう！って笑って、ちっとも信じてくれないの。お嬢さまって、ホント困るわよね」

祖母の症状はゆっくり進行した。祖母は「ひとりで暮らすのが嫌だ。子どもをたくさん産んだのにひどい」と自分の運命を嘆くようになり、あまりごはんを食べなくなり、うまく眠ることができなくなって、ひとりでいるときはぼんやりするようになった。

母は叔母を全員集めて、今後の介護方針を提案した。週の半分はコザの家に連れてきて自分が面倒を見て、週の半分は今帰仁村に住んでいる叔母が見て、祖母の送迎はほかの叔母たちが担当するというものだ。それで暮らしてみて、なにか不都合があったらみんなで集まり相談する。叔母たちも母の提案を了承し、母と祖母の新しい生活がはじまった。

週の半分を祖母と暮らすことに決めた母は、すぐにデイサービスの手続きを進め、お庭が綺麗に見える場所に祖母の部屋を増築し、裏庭を開墾して祖母の畑を用意した。朝起きると畑仕事をしてからごはんを食べて、デイサービスに出かけていき、帰ってくると日が暮れるまで畑仕事をする。一緒にごはんを食べる人がそばにいると、祖母はごはんをたくさん食べるようになった。眠るときにおやすみと声をかける人がいると、祖母は朝まで眠るようになった。祖母の暮らしは次第に落ち着いていった。

母も少しずつ変わってきた。祖母がお風呂から上がると、母は祖母の背中をバスタオルで拭いて、祖母の身体をペタペタ触る。祖母が折り紙を折りはじめると、折り方を教えるためにそばにいる。祖母がぎゅっと鉛筆を握って日記を書くと、母もお茶を飲みながらそばにいる。

あるとき母は、祖母の日記が面白いと話し出した。

「おばあちゃんって目の前のものを持ってくるでしょう。花を持ってきたり、飴玉を取ってきたり。この前、デイサービスで、コーヒーや紅茶に入れる砂糖を家に持ちかえってきたから、こっぴどく叱ったの。それを日記に書いているのよ。読んでみる？」

こっそり、祖母の日記を読ませてもらう。

今日、御母様に怒られました。
デイサービスのお砂糖を、全部持って家に帰ってきたからです。

お砂糖をひとりで返しに行きなさいといって怒られました。
ひとりで返しに行けないので困りました。
御母様ごめんなさい、もうやりません。
それにしても、貴女は、あんなに怒ることはないでしょう。

「御母様って書くのよ、私のこと。最近、可愛いの。ぼけちゃって可愛くなっちゃった」と母は話す。

祖母は自分を保護してくれる娘のことを、自分の母親だと認識するようになったということなのだろう。それでも日記にまじる「貴女」という言葉に、自分の娘に叱られていることを、祖母はちゃんとわかっているのかもしれないと私は思う。

おだやかな日々だったけれど、今帰仁村に帰ったときに、祖母は脳梗塞になって倒れてしまい、それからは寝たきりの生活になってしまった。全介助が必要になった祖母はもう、ごはんを食べることも、畑仕事もできなくなった。

母は主治医と相談して、自分の家の近くの施設に祖母を入所させた。それから毎日二回も三回も施設を訪ね、祖母のそばで本を読んだり、祖母のベッドにもたれて一緒に眠ったりするようになった。叔母たちもまた足しげく通い、祖母を車いすに乗せて施設の近所を散歩したり、介護タクシーに乗せては、遠く離れた今帰仁村まで連れて行っていた。

「今のおばあちゃんに、コザとか今帰仁とかわかるのかなぁ」と私が言うと、母はきっぱり言いきった。

「わかるさ！　シマ（今帰仁村）に入った瞬間に、なんというか、ここは私の場所という顔をして堂々とするのよ。諸志《しょし》の並木道があるでしょう、あそこでいつも、ああ、帰ってきたって顔をするよ」

祖母の生家がある今帰仁村の諸志のあたりはとりわけ緑が濃い。竹林に囲まれた祖母の生家は、いつもさらさらと風の音がしている。あそこで祖母は、ああ、帰ってきたという顔をするらしい。目をぐるぐるとさせて、あたりを見渡す祖母の気持ちを、母や叔母は変わらず読みとることができるのだ。

＊

二〇一九年の秋のとても忙しい時期に、祖母は息をひきとった。大学の業務をこなしながら、しばらく止めていた若年出産調査を稼働させ、そこに調査の子からの出産に立ち会ってほしいというお願いが重なって、携帯電話を片時も離せなくなったその時期に、祖母はひっそり亡くなった。

その日は近所の大学で開催されている学会があり、駐車場で車を降りるときに携帯電話をみたら、「さっき、おばあちゃんの心臓がとまりました」という叔母からのメッセージが残されていた。

病室にいる母に電話をかけると、母はとても静かな声で話した。

「もう心臓はとまったの。今、みんな集まっているんだけど、これからおばあちゃんの支度をして、今日中に今帰仁に連れて行く。孫たちみんなに連絡はしたけれど、こういうときだから、目の前のことを終わらせてから来てほしいと思っている。ここからお葬式とか、いろいろ長いから」

私が「じゃあ、学会報告をひとつ聞いてそれから向かうね。二時間後には家族みんなでそこに着くよ」と言ったら、母は、「お通夜も告別式もあるから無理をせずにね。お母さんは今夜、今帰仁のほうにとまりになると思う」と話した。

最初の報告が終わってから急いで駆けつけると、施設の入り口で今帰仁村に帰る祖母や母たちに間に合った。ベッドに眠っている祖母に、「おつかれさまでした」と声をかけて頬《ほほ》を触ると、祖母の頬はまだ柔らかかった。まじまじと目を見開き祖母をみている娘を抱きあげて、「大きいばぁばだよ。風花もさよならをしてね」と言うと、「大きいばぁばは、お人形になった？」と娘は言った。

「ここにあるのはもうお人形みたいなもので、大きいばぁばはもうお空に行ったよ。お空に行けば、もうどこも痛くないし、もうなんでも食べられる。大きいばぁばは、もうここにはいないよ」

明日からはじまるお葬式の段取りを聞いて家に帰る。明日からのお葬式に備えないといけないと思い、「明日の大学院の授業は休講にします」と同僚にメールをおくると、「代わりに授業をするので、安心してください」というメールが届いた。

学部の授業のゲストをお願いしていた打越正行さんに、「ごめん。やっぱりうまく話せないから、明日は休講にしようと思う」とメッセージを送ったら、「私が授業進めるんで、上間さんはそばでぼんやりしていてください」というメッセージが届いた。

立ち合い出産を頼まれていた女の子に、「今日のお昼に祖母が亡くなりました。明日と明後日がお通夜と告別式で、今帰仁村という沖縄の田舎に行かないといけないの。こんなときにごめんね」と送ると、「え、大丈夫ですか?? 自分のことは気にしないでゆっくりお見送りしてあげてください!!」というメッセージが届き、しばらくしてから、「ご冥福をお祈りします。お通夜と告別式もあって疲れるはずなのに気使わせてすいません」という優しいお悔やみの言葉が届いた。

ここからは毎日、正念場で綱渡りだ。とにかく、みんなの力を借りて祖母をおくり、彼女の出産を無事に終える。絶対に乗り切ろうと決意した矢先、夜になって娘が熱を発した。

朝になっても娘の熱は引かず、夫に娘を任せてひとりで今帰仁村に向かう。お通夜の一日はとても静かで、家を訪ねてきた親戚や家族たちと、ゆっくり祖母の話をした。

告別式は朝から良いお天気だった。祖母の棺は孫や孫の夫たちに抱かれ、正面玄関から出て、祖母の好きだった庭先を通り抜けて、島の一角にある火葬場までゆっくり進む。

火葬が終わるまでみんなで待って、火葬が終わると祖母の骨をみんなで拾う。しっかりと形を残している祖母の骨のちょうど膝のあたりに、金具にボルトが二本つけられた鉄の塊がごろんと転がっている。祖母の膝に、二〇年間入っていた人工骨だ。「こんなに重いものが入っていたんだ」「それなのに、楽になったって言っていたんだ」「あの世にいったら痛くないね」と口々に話し、「これも骨壺にいれるんですか」と祭祀場のひとに尋ねると、「いいえ、あの世ではもう身軽になってどこにでもいけるのですから、これは必要がないものです」と教えてもらう。

骨を拾い終えたあとで、隣に立っている母に、「ねえ、息を引き取るとき、おばあちゃんはひとりだった?」と聞くと、「ううん。朝一〇時にいつものように顔をみにいったの。そしたら顔色があんまりよくないなぁって思ってね、それからずっとそばにいて、やっぱり気になるって病院にもみんなにも連絡をとってね。結局ね、おばあちゃんのそばに私がいた一〇時四〇分に息を引き取った」と母は言う。

「一番、面倒を見たひとのそばで息を引き取ったんだね。おばあちゃん偉かったね」と言うと、母は「そうだね。それに、みんなね、最期に間に合わなかったとかじゃなくて、ちゃんと面倒をみてあげられたって満足しているよ」と母は話す。「それにしても、あのとき話した二〇年だったね」と言うと、母はきょとんとした顔をしている。

「人工骨いれたときのこと。あのとき人工骨は二〇年しかもちませんって言われて、一〇四歳まで生きるのかなって、話したでしょう」と言うと、「そうだった、あのとき、そんな長生きすることはないって思ったけれど、それなのに、まあ、見事に生ききったのね」と母も言う。

火葬場からお墓まで、祖母の遺骨をゆっくり運ぶ。ひときわ緑の濃い祖母の生家のある諸志のあたりで、なんとなく祖母はまだこの近くにいるような気がして、車の窓を開け放つ。

竹林の、あのさらさらとした音を聞きながら、祖母は子ども時代を過ごしてきた。

海の見えるお墓に着く。お墓をあけると最前列に祖父の骨壺がひとりで待っていて、その後ろには、祖父の父母、祖父の祖父母の骨壺が整然と並んで待っていた。

「お墓のなかはこうなっているのか」「最前列でおじいちゃんが待っていたね」「結婚式みたい」「パンパカパーン」とみんなで話す。

泣いているひともいるけれど、笑っているひともいる和《なご》やかな雰囲気のなかで、お坊さんはみんなに集合するよう促して、それからゆっくり話し出す。

「なんとまあ、見事に生ききったことでしょう。一〇四歳です、みなさん。一〇四年というのは一言で話せないほどの長い時間です。この一〇四年の間で、このようにここにいるみなさんを産み、育て、そして生きてきました。あっぱれだとしか言えないでしょう。いまごろ、シズは偉かった、シズあっぱれだったと、政春さん、お父さん、お母さんに抱きしめられていることでしょう」

お坊さんが、お墓のなかに祖母の骨壺をぐっと入れる。祖父の骨壺は深い緑色の焼き物で、祖母の骨壺は龍の絵が描かれたえらく派手な紫色の焼き物だ。

「骨壺の違いも二人らしいね」「おばあちゃん、紫好きだったもんね」とにぎやかに話しながら、「おじいちゃん、おまちかね。おばあちゃんきたよ」と、二つの骨壺をピタリとそばにくっつける。

身体から自由になったあと、祖母はびゅんと今帰仁村まで駆けて行って、子どものころ暮らした家の竹林を駆け抜けて、祖父と暮らした家や畑や近くの海をふんわり空から一瞥《いちべつ》すると、それからはもうまっすぐ空を見て、どんどんどんどん駆けあがり、今ごろはもう、おじいちゃんに会えたはずだと空を見る。

あの雲のあたりに、食いしん坊でわがままな、私のおばあちゃんは行きました。戦争を生き抜き、たくさんの子どもたちを育てあげ、おじいちゃんを見送ったあとの晩年は、子どもや孫にたくさん甘えて暮らしました。それはそれは見事で、あっぱれな人生だったと思います。私のおばあちゃんは、まっすぐ空に駆けて行きました。

アリエルの王国

明け方三時ごろ、「マーマ、おしっこした」と泣き出した娘を立たせて、パジャマを脱がせる。四日前に熱が出たあと、娘は何度もおねしょを繰り返していたから、寝室には新しいパジャマも替えのシーツもすべて用意してある。濡れたパジャマをシーツにのせて、シーツをぐるりと布団から剝《は》ぐ。

着替えを済ませた娘は私のお布団に移ってきて、「まだ夜？　朝来た？」と尋ねてくる。「まだ真夜中だから眠ってね。かーちゃん、今日は辺野古《へのこ》に行く」と言うと、「風花も一緒に行く」と娘が言う。「今日は、海に土や砂をいれる日だから、みんなとっても怒っているし、ケーサツも怖いかもしれない」と言うと、娘はあっさり、「じゃあ、保育園に行く」と言う。

暗闇のなかで、娘は私に「海に土をいれたら、魚は死む？　ヤドカリは死む？」と尋ねてくる。

「そう、みんな死ぬよ。だから今日はケーサツも怖いかもしれない」

娘の髪をなでながら、ついに一二月一四日が来てしまったと目を閉じる。


辺野古に土砂を投入するための船を発着させる予定の港が、台風で壊れたので使えなくなった。そう発表されてホッとしたのもつかのま、今度は突然、民間の港から土砂投入の船をつけて、海に土砂を投入するという報道があった。せめて今週は辺野古に行けるようにしておこうと思っていたのに、ようやくつくりだしていた時間は娘の発熱であっけなくなくなって、そして土砂投入の朝はいつものようにやってくる。

娘が眠らないので、手足をマッサージしながら歌をうたう。娘を寝かしつけるときは、だいたい「あの町この町」「椰子《やし》の実」「満月の夜に」の歌を繰り返す。

娘がまだ二歳に満たないころ、「あの町この町　日が暮れる」と歌いかけると、娘は「りゅー」と歌い、それから「お家がだんだん　遠くなる」と歌いかけると、娘は「るー」と歌い、そして「今きた　この道　かえりゃんせ」と歌いかけると、やっぱり「せー」と歌った。

あるとき、私が口ずさむ歌はどれも遠くに旅立っていって、もう元の場所には戻ってこないという歌だと気がついた。たどたどしい言葉で歌をうたおうとした娘は、あっというまにひとりで歌をうたうようになっていた。だからやっぱり、娘はあっというまに大きくなって、そしていつか私の前からいなくなる。母親になってから、私は娘がどこか遠くに旅立っていくその日のことを、繰り返し繰り返し考えるようになった。

眠りに落ちてしまいそうな娘が、「お魚やヤドカリやカメはどこに行く?」と、もう一度私に尋ねてくる。眠りにつく前の娘になにか優しいことを言ってあげたくて、「お魚やヤドカリやカメは、どこか遠くに逃げていきました」と言うと、娘は「アリエルみたいに?」と尋ねてくる。

そう、「リトル・マーメイド」のアリエルみたいに。青い海のどこかに、王妃や姫君が住む美しい王国がある。風花もいつか、王国を探して遠くに行くよ。

＊

起きると六時になっている。あわてて支度をすませて、七時には仕事に行く夫とごはんを食べる。「行ってくれてありがとう。怪我だけは気をつけてね」と、出発間際に言われて夫を見送る。

なかなか起きない娘を起こして、朝ごはんを食べさせる。食卓の玄米のおにぎりとほうれん草の炒めものをみた娘は、「玄米のおにぎりなんか大嫌い。風花は白いおにぎりがよかった」と言ってさめざめと泣く。

娘の隣に座ってほうれん草を箸でつまんで、「かーちゃんが僕をねらっているよ、僕は風花ちゃんに食べられたい」と、ほうれん草になって声をかける。すぐに娘は泣きやんで、「いいですよ」とせっせとごはんを食べはじめる。

それからふたりで家を出る。

最近、保育園までつづく農道を発見したので、途中で車をとめて、ふたりで保育園まで歩いている。高速道路わきの農道と保育園とがつながっている道の途中には、大根とじゃがいもの畑とパパイヤの苗を育てる農園がある。畑のわきの雨水をためているドラム缶のなかには、まだ冬なのにオタマジャクシが泳いでいる。

いつものように、娘は「おいしくなーれ」とじゃがいもに魔法をかけて、オタマジャクシの手足がポンと目の前で出てこないか熱心に観察する。

黙り込むと、ふてくされているようにみえる膨らんだ娘の頬を眺めながら、「サンタクロースに何を頼もうか?」と尋ねてみる。「白いおにぎりとアリエルのしっぽ。風花は海で泳ぐよ」と言われて、今度は私が黙り込む。私はたぶん朝をはじめる前に、どこかで一度、泣いておけばよかったのだ。


保育園に娘を預けてからひとりで農道を歩いて車に戻り、辺野古に向かう。移動しながらいつも思う。富士五湖に土砂が入れられると言えば、吐き気をもよおすようなこの気持ちが伝わるのだろうか? 湘南の海ならどうだろうか?

普天間の危険除去をうたう「最良の決定」の内実は、普天間直下の我が家から車で一時間とかからない、三七キロ先にある辺野古への基地新設である。それが三鷹と東京湾くらいの距離でしかないことを知ってもなお、これは沖縄にとって「最良の決定」だとみんなは思うのだろうか?

辺野古の地盤は、マヨネーズのように柔らかい。海底に何十メートルもの杭を打つという、人類が一度も試したこともない工事ができると、みんな本当に思うのだろうか?

一〇時に辺野古に到着して、ゲートの前に座りこんでスピーチを聞いていると、キャンプ・シュワブのなかの駐車場に車をとめた警察官に、移動するようにマイクで言われる。沖縄のひとが入れないはずの米軍基地のなかに、警察官や機動隊は車をとめる。かれらは、基地のフェンスの内側からビデオカメラをまわし、座り込んでいる人びとに移動を促し、命令に従わなければ強制的に連れて行く。

それでも今日は、警察官に手足を捕まえられて強制的に移動させられることはないので、やっぱり土砂が投入されるのだとぼんやり思う。空にはヘリコプターが二機飛んでいて、あれは軍機ではなく報道関係のヘリコプターだから、やっぱり土砂が投入されるのだとまた思う。

スピーチを聞きながら座りこんでいると、一一時過ぎに、「たったいま、海へ、土砂の投入があったようです」という放送が響きわたる。私の眼の前で泣きだしたひとたちの顔と、空を旋回するヘリコプターが涙でにじむ。「ひどい」とつぶやいたけれど、本当は声をあげて泣きたいと思う。地上で右往左往している私たちではなく、遠くの空の上から、たったいま赤くにごったであろう海を映しているヘリコプターにも苛立つ。今日の報道は、青い海に土砂が投げ入れられる映像一色になるのだろう。

泣きながら立ち尽くしているひとたちは、よろよろとテント前に移動する。

＊

移動してからも、いろいろなひとのスピーチは続く。

戦争が終わったあと野ざらしにされていた遺骨を掘り出して、遺族に返す活動を続けているガマフヤー（壕を掘るひと）の具志堅隆松《ぐしけんたかまつ》さんの話は胸を打つ。

「いま、基地になっているあの場所には、戦後、捕虜をいれる収容所がありました。捕虜になってからも、毎日たくさんのひとが亡くなり続けました。四〇〇人の方々がまだあそこ、キャンプ・シュワブのあの土の下に眠っています。新しい基地は、その方々の眠る土の上に、今度はコンクリートをかぶせるというものです。僕はそのひとたちをひとり残らず掘り出して、おうちに帰してあげたいんです」

戦場をさまよって捕虜となって生き延びたと思ったのもつかのま、飢えて死んで、死んだその場に埋められて土のなかで骨になって、それでも家に帰ることができないひとたちがあの土の下に眠っている。そのひとたちの死体の上にキャンプ・シュワブはつくられて、そして今度は新しい基地の建設が進められている。

昼食を準備することなく向かったので、一時半にはゲート前から離れる。

途中でスーパーに立ち寄って、あんこの入った甘いパンと夕食の食材を買って、車のなかでパンを食べる。——こういうときだから、毎日やっていることをちゃんとやらないといけない。金曜日の夜は母たちとごはんを食べる約束をしているから、私がみんなのごはんをつくらないといけない。ごはんの前には書評の原稿も書きはじめて、来週の頭には新聞社に送らないといけない。

三時過ぎに自宅に帰り着き、二時間だけと決めて仕事をする。書評を書きはじめたけれど言葉が浮かばず、本を読みかえしていたら結局五時半になってしまい、訪ねてきた母と母のパートナーと一緒にごはんをつくる。六時には娘と夫が帰宅して、みんなで一緒にごはんを食べる。

夕方のニュースではやっぱり辺野古の海への土砂の投入が報道されていて、ごはんを食べながら、今日の辺野古の様子を少し話す。

娘はまた、「海に土をいれたら、魚はどうなった？」と聞きはじめ、どんなときにも子どもの問いに正直に答えようとする母も、「どうなったかね、魚たちは」と言いよどむ。夫が静かな声で、「みんな、まだ生きているよ。だから工事を止めないといけないね」と娘に話す。娘が「ケーサツは怖かった？」と私に聞くので、「今日はみんな優しかったよ。ケーサツのひとも、今日は静かだったよ」と報告する。

そう、今日の警察官はみな静かだった。いつもは立ち止まるだけで歩くように促され、従わないと背中をぐいぐい押される歩道でも、今日は何もされることはなかった。ゲート前で座り込んで聞く、いつもは制止されるスピーチも、今日は一度もとめられなかった。ちょうどそのころ、沖合のあの青い海に、赤い土が落とされた。

＊

母たちが帰宅してお風呂に入り、九時ごろ、娘とふたりで寝室に行く。

娘は毎晩、眠る前に、「かわいいかわいい風花ちゃん」のお話をせがむ。

「あるところに、かわいいかわいい風花ちゃんという女の子がいました」とお話のはじまりを告げると、保育園のお姉ちゃんたちに「あっちに行って」といじわるな言葉を言われたことや、保育園のお迎えが遅くなったときにそばにいてくれた先生のことなど、娘はその日に起こった理不尽な出来事をお話にいれてと私にねだる。

お話の最後に登場するのは王妃になった娘で、王妃は「年下の子に意地悪をしたらいけません」と保育園のお姉ちゃんたちを諭し、「チョコレートをあげましょう」と、お迎えが来るまでそばにいてくれた先生に褒美をさずける。そうしたお話を私から聞くことで、世界は何も壊れていないと安堵して、娘はそれから眠りに落ちる。

今日もまた白い枕カバーに頬をつけた娘に、「あるところに、かわいいかわいい風花ちゃんという女の子がいました」と話し出すと、「風花は、アリエルね。お魚がお友だちで、海に土をいれる魔女をやっつけるっていう話ね。風花はしっぽがあって、海を泳ぐのが上手ってお話ね。魚とカメとどこまでも行くっていう長い長いお話ね」と言われる。

ねえ、風花。海のなかの王妃や姫君が、あの海にいる魚やカメを、どこか遠くに連れ出してくれたらいいのにね。赤くにごったあの海を、もう一度青の王国にしてくれたらいいのにね。

でもね、風花。大人たちはみんな知っている。護岸に囲まれたあの海で、魚やサンゴはゆっくり死に絶えていくしかないことを。卵を孕《はら》んだウミガメが、擁壁《ようへき》に阻《はば》まれて砂浜にたどりつけずに海のなかを漂うようになることを。私たちがなんど祈っても、どこからも王妃や姫君が現れてくれなかったことを。だから私たちはひととおり泣いたら、手にしているものはほんのわずかだと思い知らされるあの海に、何度もひとりで立たなくてはならないことを。そこには同じような思いのひとが今日もいて、もしかしたらそれはやっぱり、地上の王国であるのかもしれないことを。

だから、風花。風花もいつか、王国を探して遠くに行くよ。海の向こう、空の彼方、風花の王国がどこかにあるよ。光る海から来た輝くあなた、どこかでだれかが王妃の到着を待っているよ。

海をあげる

東京で暮らしているときに驚いたことのひとつは、軍機の音が聞こえないということだった。線路沿いで暮らしていたので深夜まで電車の音は聞こえたけれど、それでも部屋が震えることもなく、テレビの電波が乱れることもなく、隣にいるひとの声が聞こえなくなることもなかった。

私が沖縄出身だと話すと、沖縄っていいところですね、アムロちゃんって可愛いよね、沖縄大好きですなどと仲良くしてくれるひとは多かったが、ああ、こんなところで暮らしているひとに、軍隊と隣り合わせで暮らす沖縄の日々の苛立ちを伝えるのは難しいと思い、私は黙り込むようになった。

だからといって、沖縄の基地問題に関心があると話すひとたちを前にして、私が黙り込まなかったわけではない。私の通った大学院は、社会的な運動に関わることが奨励されるような文化を持っており、沖縄の基地問題もまたときどき話題になった。

一九九五年に沖縄で、女の子が米兵に強姦された事件のときもそうだった。基地に隣接する街で、買い物にでかけた小学生が四人の米兵に拉致されたこと、あまりにも幼いという理由で一人の米兵は強姦に加わらなかったものの、残りの三人は浜辺でその子を強姦したこと、沖縄では八万五〇〇〇人のひとびとが集まる抗議集会が開かれたこと。東京でも連日のように、この事件は報道された。

東京の報道はひどかった。ワイドショーでは、被害にあった女の子の家が探し出され、その子の家も映された。その映像をみれば、私が暮らしていた狭い島では、被害にあったのがだれなのかがはっきりわかる。

被害にあったのはこの子だけじゃない。手のひらに、草を握りしめたまま強姦されて殺された女の子の母親は、腐敗した娘の服さえ捨てられなかったと聞いている。

あの子は最期に何をみたのだろう？　娘の手のひらをひろげて草をとりだした母親は、いまどうしているのだろう？

抗議集会が終わったころ、指導教員のひとりだった大学教員に、「すごいね、沖縄。抗議集会に行けばよかった」と話しかけられた。「行けばよかった」という言葉の意味がわからず、「行けばよかった?」と、私は彼に問いかえした。彼は、「いやあ、ちょっとすごいよね、八万五〇〇〇は。怒りのパワーを感じにその会場にいたかった」と答えた。私はびっくりして黙り込んだ。

そのころ東京と沖縄の航空チケットは往復で六万円近くかかり、私にとって沖縄は、「行けばよかった」と言える場所ではなかった。でも私が黙りこんだのは、沖縄に気軽に行ける彼の財力ではなく、その言葉に強い怒りを感じたからだ。あの子の身体の温かさと沖縄の過去の事件を重ね合わせながら、引き裂かれるような思いでいる沖縄のひとびとの沈黙と、たったいま私が聞いた言葉はなんと遠く離れているのだろう。

それから折に触れて、あのとき私はなんと言えばよかったのかと考えた。私が言うべきだった言葉は、ならば、あなたの暮らす東京で抗議集会をやれ、である。沖縄に基地を押しつけているのは誰なのか。三人の米兵に強姦された女の子に詫びなくてはならない加害者のひとりは誰なのか。

沖縄の怒りに癒され、自分の生活圏を見返すことなく言葉を発すること自体が、日本と沖縄の関係を表していると私は彼に言うべきだった。言わなかったから、その言葉は私のなかに沈んだ。その言葉は、いまも私のなかに残っている。

＊

それから私は仕事を得て、沖縄に帰ることになった。暮らす場所は、普天間《ふてんま》基地に隣接している地域にしなくてはならないと思った。

東京で接したひとたち——沖縄は良いところだと一方的に称賛するひとたち、沖縄の基地問題に関心を示しながら基地を押し付けたことを問わずに過ごすひとたちのなかで暮らしてきて、沖縄の厳しい状況のひとつに身を置いて生活しないといけないと、私はあのとき頑《かたく》なにそう考えていたのだと思う。

それでも沖縄で暮らすようになってからは、沖縄で基地と暮らすひとびとの語らなさのほうが目についた。

二〇一二年から沖縄の若い女性たちの調査をはじめたけれど、調査で出会った女性たちもまた、隣接する基地や米兵について語らない。

この前、話を聞いた女性は、二〇一六年にウォーキング途中に元米兵に強姦されて殺された、二〇歳の女性のアパートの近所に住んでいた。

長いインタビューの最後になって、「外人に殺された子は、私が毎日歩いていたウォーキングの道で拉致された」と彼女は言った。それから、「私はその日、体調が悪くて、たまたまウォーキングを休んでいた。事件のあとは怖くてあの道は歩いていない。あのコンビニにも行ってない」と彼女は言った。

殺された女性と同じアパートに住んでいた女性も、同じようなことを話していた。あの子がいなくなったあと、なんども警察が家にやってきた。事件を知ったあとで、こんな怖い場所で暮らすのは嫌だと思い、アパートを引き払って実家に帰ったと彼女は言った。

殺された女性のことや基地への苛立ちは、最後まで語られなかった。語られたのは、事件を怖いと思ったこと、だから自分で自衛したという話だ。

＊

結婚してからは、首里《しゅり》という城下町にある夫の住まいに引っ越した。ひょいと歩けば家の近くに龍潭《りゅうたん》池があって、そこからは朱色の首里城が赤々と見える。美しいのは宵のころで、月を携えた紅い城は、何度焼失してもよみがえった孤高の美しさを持っている。夜の散歩道、池のほとりに立ち尽くしたまま、何度もそれにみとれてきた。

それでも、そのまま首里に居続けることで、沖縄がどういう場所なのかわからなくなるような気持ちになり、夫といろいろ話し合って、結局、私たちは普天間基地近くの爆音の街に暮らしている。

いまの家に引っ越してきたのは四月で、ちょうどそのころ、私の家の周りでは、ホタルの軌道が青く光る。庭先で食事をとっている近所のひとに、「本当に飛行機の爆音がすごいですね」と声をかけると、そのひとは「うるさいですよね」と柔らかく受け止めたあと、「私たちが引っ越してきたときにも、ホタルの群生がすごかったんですよ。なにか、祝福のようなものをうけたようでした」と話題を変えた。

近所の小学生と立ち話をしているとき、私たちのちょうど真上をパイロットの顔が見えるほどの近さで軍機が飛んだ。軍機が飛び去ったあと、「びっくりした！　うるさいね！」と私が怒ると、「うるさくない！」とその小学生は大きな声で即答した。

その子の父親が基地で働いていることを、あとになって私は知った。

近所に住む人たちは、みんな優しくて親切だ。でも、ここでは、爆音のことを話してはいけないらしい。切実な話題は、切実すぎて口にすることができなくなる。

子どもができてからは、普天間での暮らしを選んだことを後悔した。

言葉を話せるようになると娘は、すぐに、「飛行機」や「オスプレイ」と口にした。外来機が飛来する時期になると、娘は絶えず抱っこをせがむ。

ときどき、墜落したかと思うような爆音があって、「こわい！」と叫ぶ娘を抱きしめる。「ざまーみろ」と、どこかで笑う誰かの言葉を勝手に思う。私もやっぱり黙り込む。

生活者たちは、沈黙している。かれらに沖縄や米軍がどう見えているのか、かれらがどんなときに黙り込むのか、私はそれをつぶさに知るわけではない。

近親者に性暴力を受けていたという女性の話を聞いたあとの帰り道で、「みんなで辺野古に行こう」という、新基地建設阻止の座り込みを呼びかける立て看板をみた。

長時間におよぶ聞きとりにくたびれはてた私はその日、ジミーという基地由来のお菓子屋さんに立ち寄って、チョコレートのスポンジにココナッツクリームがたっぷりのったジャーマンケーキを買い求めて家に帰った。甘い甘いケーキは、基地の隣で育った私の子ども時代の味である。私のなじみとなった食べものにも、基地と共存させられてきた時間は刻印されている。

ケーキを食べながら考える。今日、私が話を聞かせてもらった女性は、隣接している基地や沖縄について語らなかった。彼女にとって、辺野古はまだはるか彼方にある。だから、爆音の空の下に暮らしながら、辺野古に通いながら、沈黙させられているひとの話を聞かなくてはならないと、私はそう思っている。

＊

私の家の上空では、今日もオスプレイやジェット機が飛んでいる。接近する飛行機の騒音は九〇デシベル以上になるという。九〇デシベルは、隣に座るひととの会話が通じない、騒々しい工場内と同じ音だ。私はここで小さな女の子を育てている。

秋田のひとの反対でイージス・アショアの計画は止まり、東京のひとたちは秋田のひとに頭を下げた。ここから辺野古に基地を移すと東京にいるひとたちは話している。沖縄のひとたちが、何度やめてと頼んでも、青い海に今日も土砂がいれられる。これが差別でなくてなんだろう？　差別をやめる責任は、差別される側ではなく差別する側のほうにある。

二〇一八年末にはじまった土砂投入は、一九年末までの一年で工程表の一パーセントを終えたらしい。普天間基地を閉鎖するという名目でなされる、じりじりと沈む大地に杭を打つ辺野古基地の完成には、これから一〇〇年かかるというわけだ。

そして私は目を閉じる。それから、土砂が投入される前の、生き生きと生き物が宿るこっくりとした、あの青の海のことを考える。

ここは海だ。青い海だ。珊瑚礁のなかで、色とりどりの魚やカメが行き交う交差点、ひょっとしたらまだどこかに人魚も潜《ひそ》んでいる。

私は静かな部屋でこれを読んでいるあなたにあげる。私は電車でこれを読んでいるあなたにあげる。私は川のほとりでこれを読んでいるあなたにあげる。

この海をひとりで抱えることはもうできない。だからあなたに、海をあげる。

調査記録

きれいな水

白髪の女性　二〇一八年三月三日

ひとりで生きる

和樹　二〇一七年二月二八日

波の音やら海の音

七海への最初のインタビュー　「何も響かない」の調査記録欄参照

子どものそばの母親　二〇一七年一〇月二〇日、一二月六日

いなくなった一七歳の母親　二〇一七年四月一一日、六月一四日、八月二九日（アパートに置手紙、その後家族からの連絡）

私の花

りのん　二〇一九年七月一九日、八月二八日、一二月三〇日／二〇二〇年一月二日、六月六日、九月一三日

読み合わせ　二〇二〇年九月一日

何も響かない

七海　二〇一七年三月二〇日、三月三〇日、四月一一日、四月一六日、四月二五日、五月二六日、五月三一日、六月一四日、六月二〇日、六月二七日、六月二九日、七月一日、七月二日、七月六日、七月

二一日、七月二三日、八月一〇日、九月九日、一〇月九日、一一月一三日、一一月一四日、一二月二三日、一二月二九日／二〇一八年一月一日、二月二二日、三月一五日、四月二〇日、四月二三日、五月二一日、六月二日、六月二一日、六月二六日、七月一九日、七月二四日、九月七日、九月一七日、九月一八日、九月一九日、九月二〇日、一一月二日、一二月二〇日、一二月三〇日／二〇一九年一月三一日、三月四日、三月二七日、四月三日、四月一七日、四月二五日、五月二三日、五月三一日、六月六日、六月二一日、七月一七日、七月二四日、七月二六日、八月二日、八月八日、八月一七日、八月二九日、九月四日、九月九日、九月一二日、九月一六日、九月一八日、九月二三日、九月二七日、一〇月二日、一〇月四日、一〇月七日、一〇月三一日、一一月一日、一一月二日、一一月三日、一一月八日、一一月九日、一一月一〇日、一一月一二日、一一月二一日、一一月二四日、一一月二八日、一一月二九日、一二月一日、一二月八日、一二月一二日、一二月一五日、一二月一九日、一二月二二日、一二月三一日／二〇二〇年一月八日、一月一二日、一月一三日、二月六日、二月七日、二月一五日、二月二〇日、二月二四日、三月二日、三月四日、三月一九日、三月二〇日、三月二六日、四月一日、四月四日、四月八日、四月一一日、四月一二日、四月一四日、四月一五日、五月八日、五月一四日、五月一六日、五月一七日、六月六日、六月二七日、七月一〇日、七月二二日、八月一四日、八月一九日、九月七日、九月九日、九月一一日

読み合わせ　二〇一九年二月二六日、七月五日

海をあげる

その日ウォーキングを休んだ子　二〇一八年六月一日

そのとき同じアパートに住んでいた子　二〇一七年一二月一三日

性暴力の告白をした子　二〇一七年八月二二日、八月二九日

調査の助成金

・「沖縄における貧困と教育の総合的調査研究」(研究代表者) 日本学術振興会　科学研究費基盤研究(C)　二〇一四-二〇一六年
・「若年出産者聞き取り調査」(研究代表者)公益財団法人みらいファンド沖縄「沖縄まちと子ども基金」助成プログラム　二〇一七年
・「若年出産女性にみる沖縄の貧困の再生産過程」(研究代表者) 日本学術振興会　科学研究費基盤研究(C)　二〇一八-二〇二〇年

あとがき

青い海が赤くにごったあの日から、目の前で起こっていることをぼんやり眺めるような日々でした。沖縄の暮らしのひとつひとつ、言葉のひとつひとつがまがまがしい権力に踏みにじられるようななかにあって、書くことになにか意味があるのかと逡巡するような時間でもありました。だからいつもよりもせっせとごはんをつくり、娘にたくさんの絵本を読みきかせ、保育園まで農道を歩き調査に出かけ、毎日を刻むことを懸命に行う、そんな日々になりました。

何も書けなくなり、約束していたいくつもの原稿を断り続けている私に、「いま、上間さんに必要なのは、ＳＮＳに書いているような目の前の日々を書くことではないでしょうか」と担当編集の柴山浩紀さんに声をかけられて書いてみたのが、「アリエルの王国」でした。

書き上げた原稿を読んではじめて泣くことができ、同時に、自分のなかにまだひとになにかを聞いてもらいたいという思いがあることに驚きました。

そのあとは、毎日のように文章を書いて、柴山さんや夫に読んでもらいました。

そうして連載が始まりました。

＊

連載のスタート地点が、自分の声を聞くことができないともがく日々だったので、連載が始まったあとも無理をすることはやめました。書けないときには書かない。書けないときにもそれなりの意味はある。大学の仕事をしながら調査と支援のはざまにいて、無理や無茶がなりわいのようになった私は、私にそういうことを課しました。

自分の声を聞く日々のなかでひりつくように思っていたのは、私が調査の仕事でお会いしている若い女性たちが、いかに声を聞かれてないのかということでもありました。

いま手がけている若年出産女性調査は、一〇代で母親になった若い女性たちへの聞きとりをワンショットサーベイ（単発の聞きとり調査）で企画したもので、現時点でお会いした女性の数は七四名になります。とにかく、沖縄の若い女性たちの体験、とりわけ若年出産という生活が困難になりやすい家族の内実がどうなっているのかを量的におさえることが、調査の当初の目的でした。ただ、いざ調査が始まってみると、話を聞いた方によっては何度もお会いして話を聞いたり、ひとつひとつの困難の解決のために一定の時間を使い、なにがそのひとにとっての解決なのかと思い悩む時間になりました。

思い悩む時間の深度も、いっそう深くなったようにも思います。

沖縄の風俗業界で働いている女性たちの調査についての記録をまとめたあと、講演会場にいらした精神科医の先生に、私の聞きとりが、性虐待についての告白につながる性質になっていることを指摘されました。そして、「そろそろ性虐待などが語られると思います。そうしたトラウマを聞くのは、それを聞く方にもケアが必要です。困ったことがあったらどうぞ連絡してください」と、お会いしたばかりのその日、連絡先をいただきました。そして、調査は先生が予言したとおりのものになりました。

これまでもずっと若い女性の調査をしてきました。でも、近親者からの性暴力について語られているのはこの調査からです。そのことが意味しているのは、聞く耳を持つものの前でしか言葉は紡がれないということなのだと思います。私が過去に会ってきた女性たちにそうした出来事がなかったわけではないはずです。ただ、あのとき私は聞く耳を持たなかった。だから聞き逃してきた声がたくさんある、ということだと思っています。

原稿に書いたのは、すっきりとこたえがでない、ごちゃごちゃしたことばかりになりました。それでもそういう日々をそういう日々のまま書くことができたのは、原稿の隠れた伴走者が娘だったからです。

娘の愛らしさや変わらぬ食欲は私と夫にとって日々の楽しみであり、まっしぐらに前を向いて歩く子どものかたわらにいることは、この世におけるもっとも楽観的な営みなのだとつくづくそう思います。

とはいえ、娘の目から見れば、こうした日々はまた違った意味を持つのでしょう。

連載前後で私を呼ぶ娘の呼称は、「かーちゃん」から「ママ」になり、友だちの家へのおとまりを何度か体験したいまでは「お母さん」になっています。

親がかりの時間が友だちとの時間へとかわりつつある娘をみていると、子育てが楽しみで楽観的なものではない日もすぐそこまできているように思います。

それが成長であり、そのすべてを私は愛するだろうと思いながらも、くったくなく日々をおくる娘の幼児期を記録できたことは、私にとって幸せなことでした。

*

「海をあげる」というタイトルは、児童文学の『うみをあげるよ』からいただきました。お気に入りの青いバスタオルがないと眠ることもできないワタルくんは、青いバスタオルが風でふきとばされた日、タオルを探しに森へ行きます。

ようやくみつけたバスタオルをのぞきこむと、なかには、小さな二匹の兄弟カエルがいました。二匹のカエルは、「うみだうみだ！　ぼくたちのうみだぞお！」と叫びながら、釣りをしたり、はねまわってすもうをとったりしています。青いタオルを海だと思いこみ楽しく遊ぶ二匹のカエルに、ひとまず青いタオルをかしてあげようと、ワタルくんはその場を離れ、夜になってもう一度森に帰ってきます。すると二匹のカエルは、「うみってすてきだねえ」と青いタオルのなかでゆったりくつろいでいました。かたわらでふたりの様子を見守っていたワタルくんは、もう迷いません。「そのうみきみたちにあげるよ」と告げると、大事なタオルをそこに残し、ワタルくんは森から立ち去ります。

ちいさき誰かに、自分の大事なものを渡すこと。作品が描いたのは、一方的にケアされるものからケアするものへの変化という、幼児期から少年期へのわたりです。でも、おそらくひとの営みの根源にはこのようなことがあるのでしょう。私たちは自分の大事にしているよきものを、自分よりも小さなものに渡します。

私もまた、いつか娘に海を渡すのでしょう。

その海には絶望が織り込まれていないようにと、私はそう願っています。

この本を読んでくださる方に、私は私の絶望を託しました。だからあとに残ったのはただの海、どこまでも広がる青い海です。

初出一覧

美味しいごはん　書きおろし
ふたりの花泥棒　「ｗｅｂちくま」二〇一九年五月
きれいな水　「ｗｅｂちくま」二〇一九年七月
ひとりで生きる　「ｗｅｂちくま」二〇一九年九月
波の音やら海の音　『新潮』二〇一八年六月号
優しいひと　「ｗｅｂちくま」二〇一九年六月
三月の子ども　「ｗｅｂちくま」二〇二〇年三月
私の花　「ｗｅｂちくま」二〇一九年一二月
何も響かない　「ｗｅｂちくま」二〇一九年八月
空を駆ける　「ｗｅｂちくま」二〇二〇年一月
アリエルの王国　「ｗｅｂちくま」二〇一九年四月
海をあげる　書きおろし

単行本化にあたり、加筆修正しています。

上間陽子　うえまようこ

一九七二年、沖縄県生まれ。琉球大学教育学研究科教授。普天間基地の近くに住む。一九九〇年代から二〇一四年にかけて東京で、以降は沖縄で未成年の少女たちの支援・調査に携わる。二〇一六年夏、うるま市の元海兵隊員・軍属による殺人事件をきっかけに沖縄の性暴力について書くことを決め、翌年『裸足で逃げる　沖縄の夜の街の少女たち』（太田出版、二〇一七）を刊行。ほかに「若者たちの離家と家族形成」『危機のなかの若者たち　教育とキャリアに関する5年間の追跡調査』（乾彰夫・本田由紀・中村高康編、東京大学出版会、二〇一七）、「貧困問題と女性」『女性の生きづらさ　その痛みを語る』（信田さよ子編、日本評論社、二〇二〇）、「排除Ⅱ――ひとりで生きる」『地元を生きる　沖縄的共同性の社会学』（岸政彦、打越正行、上原健太郎、上間陽子、ナカニシヤ出版、二〇二〇）など。現在は沖縄で、若年出産をした女性の調査を続けている。

海《うみ》をあげる

二〇二〇年一〇月三一日　初版第一刷発行
二〇二一年一二月二〇日　初版第九刷発行

著者　上間陽子
発行者　喜入冬子
発行所　株式会社筑摩書房
東京都台東区蔵前二―五―三　〒一一一―八七五五
電話番号　〇三―五六八七―二六〇一（代表）
印刷　凸版印刷株式会社
製本　加藤製本株式会社

ISBN978-4-480-81558-3 C0095